하브루타 학습법으로 생각을 키우는

진짜진짜

독서논술

2권

초등 1학년

《진짜진짜 독서논술》은
여덟 명의 어린이 친구들이 먼저 체험해 보았습니다.

어린이 사전 체험단

김도윤, 최시은, 천지용, 권도윤, 임하정, 박지우, 김예담, 신시호

저자 박현창

한양대학교 국어교육과를 졸업하고 독서교육의 선구자인 박영목 교수님을 사사했습니다. 대학 졸업 무렵 은사의 권유로 국어 교재 연구에 뛰어들었고, 국어 교재 기획과 개발에서 영향력 있는 전문가로 활동하고 있습니다.

저서로는 〈기적의 독서논술〉 전 12권, 〈어휘 바탕 다지기〉 전 4권, 〈한자 어휘 바탕 다지기〉 전 4권, 〈퀴즈 천자문〉 2,3권, 〈퍼즐짱 한자박사〉가 있습니다.

재능한글, 재능국어 초중등 프로그램, 재능국어 읽기 학습 프로그램, 제6차 교육과정 고등학교 독서 교과 2종을 개발하였고, 중국 선전 KIS 국제학교 교사, 중국 선전 삼성 SDI 교육 자문 위원으로 활동했으며, 하브루타 창의인성 교육연구소 이사로 활동 중입니다.

저자 장성애

교육학을 연구하고 물음과 이야기가 있는 개념 있는 삶을 지향하는 하브루타 코칭과정을 개발했습니다. 독서, 학습, 토론, 상담, 머니십교육 등을 진행하며 마음샘 교육심리 연구소와 하브루타 창의인성 교육연구소 소장으로 활동 중입니다.

저서로는 〈영재들의 비밀습관 하브루타〉, 〈질문과 이야기가 있는 행복한 교실〉(공저), 〈엄마 질문공부〉가 있습니다. 유아부터 성인까지 다양한 학습자들을 만나면서 부모 교육과 교사 연수를 비롯해 각 교육 기관, 사회 기관, 기업 등에서 강의하고 있습니다.

진짜진짜 독서논술 2권 초등 1학년

초판 발행 2020년 10월 30일
초판 2쇄 2022년 3월 25일

글쓴이 박현창, 장성애
그린이 박정제, 이성희, 김유강
편집 김은경
펴낸이 엄태상
디자인 이건화
마케팅 본부 이승욱, 왕성석, 노원준, 조인선, 조성민
경영기획 마정인, 최성훈, 정다운, 김다미, 최수진, 오희연
제작 조성근
물류 정종진, 윤덕현, 양희은, 신승진
펴낸곳 시소스터디
주소 서울시 종로구 자하문로 300 시사빌딩
주문 및 문의 1588-1582
팩스 02-3671-0510
홈페이지 www.sisostudy.com
네이버 카페 시소스터디공부클럽 cafe.naver.com/sisasiso
이메일 sisostudy@sisadream.com
등록일자 2019년 12월 21일
등록번호 제2019-000149호
ⓒ시소스터디 2022
ISBN 979-11-970830-6-8 63800

머리말

　우리 아이들이 이미 접어들었고 살아가야 할 세상을 흔히 지식정보화 사회, 지식혁명의 시대라고 합니다. 그래서 고도의 이해와 표현 능력, 논리적이고 창의적인 듣기·말하기·읽기·쓰기가 요구됩니다. 사회와 학교에서 국어 교육의 중요성을 새삼 인식하게 된 까닭이 여기에 있습니다. 논리적이고 창의적인 언어 사용이란 이치에 맞게 조리 있게 말과 글을 쓰는 것이고 나아가 이미 존재하고 있었으나 미처 깨닫지 못했던 이치를 발견해 내는 것입니다. 요약하면 지식과 지혜입니다. 지식이 아는 것이라면 지혜는 그 앎을 적용 또는 활용하는 것입니다. 이 시대는 지식에서 추출하고 정제한 지혜가 더욱 필요한 때입니다. 지혜로운 듣기·말하기·읽기·쓰기가 세상과 사람에 대한 근본 원리를 이해하는 데 값어치를 합니다.

　그러나 국어 교육이 여전히 지혜보다는 지식에 편중되어 있음이 참 안타깝습니다. 지식을 외고 저장하기에 정신없이 바쁩니다. 물론 지혜의 바탕은 지식입니다. 하지만 딱 지식에만 머물러 있어서 교육에 들이는 노력과 비용이 아깝기만 합니다.

　지향할 가치가 바뀌었으니 당연히 그것을 성취할 방법과 평가도 바뀌어야 합니다. 이전 세대에게 적용되었거나 써먹었던 가치, 방법과 평가가 주는 익숙함의 관성을 탈피해야 합니다.

　논리적이고 창의적인 사고력은 사실 아이들이 어른들보다 훨씬 낫습니다. 서너 살 먹은 아이들을 보세요. 무엇인가 끊임없이 묻고 이해하려 듭니다. 그리고 시인의 감수성에 버금가게 감동적으로 표현합니다. 다만 어른들이 이해하지 못하고 받아들이기 껄끄러워할 뿐입니다. 어른들의 생각맞춤법에 어긋난다고 하여 얕잡아보고 무시해 왔지만 철학은 언제나 그들의 논리와 창의가, 지식과 지혜가 마땅하고 새삼 놀랍다고 증명합니다.

　그래서 해결책은 의외로 뻔하고 쉽습니다. 아이들에게 마음껏 의견을 내놓고 따지고 판단하는 토론의 멍석을 깔아 주는 것입니다. 여기에 딱 한 가지 '고도'의 기술이 필요하기는 합니다. 아이들의 듣기·말하기·읽기·쓰기와 이를 바탕으로 한 토론에 그저 토닥토닥 격려하고 긍정의 추임새를 넣어주며 존중해 주는 것입니다. 그래서 이 책을 내놓습니다.

저자 **박현창**

우리 책을 소개합니다.

1 '진짜진짜 독서논술'은 어떤 책인가요?

질문과 대화, 토론과 논쟁을 통해 창의적으로 답을 찾는 하브루타 학습법을 도입한 독서논술 학습서예요. 주어진 논쟁거리에 자유롭게 묻고 답하며 생각을 마음껏 키울 수 있어요. 더불어 읽기와 쓰기, 어휘 문제를 풀면서 국어력도 키워 줘요.

'진짜진짜 독서논술'은 언어 능력을 개선해서 사고력과 창의력을 키워 말과 글로 자기 생각을 표현할 수 있는 능력을 기르는 학습서예요.

2 하브루타 학습법이 무엇인가요?

하브루타는 짝을 지어 서로 질문을 주고받으며 공부한 것에 대해 논쟁하는 유대인의 전통적인 토론 교육 방법이에요.

정해진 답을 찾는 게 아니라 쟁점에 대해 다양한 생각과 시각을 나누는 창의적인 학습법이죠. 질문을 주고받는 과정에서 자신이 아는 것과 모르는 것을 인지해서 부족한 점을 보완하는 메타인지 능력도 키울 수 있어요.

하브루타 학습법은 사고력을 기르는 데 적합한 공부 방식으로, 우리 책은 토마토 모양에 하브루타식 질문을 담았어요.

3 왜 토마토 모양에 하브루타식 질문을 넣었나요?

토마토는 '토닥토닥 마음껏 토론하기'를 줄인 말이에요. 하브루타 토론을 마음껏 해 보기를 바라는 마음을 담은 표현이지요. 질문은 다섯 가지 유형으로 나눠지는데, 이 유형은 바로 사고력을 다섯 가지로 구분한 거예요. 사고력의 다섯 가지 유형은 다음과 같아요.

| 사실적 이해 | 추론적 이해 | 비판적 이해 | 창의적 이해 | 논리적 이해 |

토닥토닥 마음껏 토론해 봐.

4 사고력의 다섯 가지 유형을 소개합니다.

사실적 이해
읽은 내용을 사실 그대로 이해하고 표현하는 것

 사실

2 다시 만난 공 아가씨는 어디를 거쳐서 쓰레기통까지 오게 되었는지 써 보세요.

 장난감 상자　→　　　　　→ 쓰레기통

추론적 이해
직접 드러나지 않은 내용이나 생략된 부분을 이해하고 표현하는 것

 추론

1 돌을 갖다 놓을 수 있었던 이유를 이나에게 물어본다면 뭐라고 답할지 생각하고 써 보세요.

✎ 내가 돌을 다시 가져다 놓을 수 있었던 이유는…

비판적 이해
일정한 기준에 따라 옳고 그름, 좋고 나쁨을 가치 판단하는 것

 비판

3 네 사람이 고양이 다리를 하나씩 맡아서 돌보는 건 좋은 생각인지 판단해 보고 O, X 중 하나에 동그라미 쳐 보세요.

사람도 넷이고, 고양이 다리도 넷이니까
다리를 하나씩 맡아 보살피자.

 O  X

좋은 생각이다.　　　　　　　　　좋은 생각이 아니다.

논리적 이해
원인과 결과를 논리적인 규칙과 형식에 맞게 이해하고 표현하는 것

 논리

2 빈칸에 알맞은 낱말을 써서 '이나'가 괴로워한 이유를 설명해 보세요.

괴롭힘 당하는 　　　　　를 모른 척했어요.

창의적 이해
읽은 내용을 바탕으로 상황과 조건에 맞게 생각을 창조하고 표현하는 것

 창의

3 친구와 싸운 경험을 이야기해 보고, 그때의 기분을 꼬불꼬불 선으로 표현해 보세요.

싸울 때 내 기분은 아마 이랬을 거야.

친구와 싸울 때 내 기분은…

5 무엇을 읽고 문제를 푸나요?

읽는 건 정말 중요해요. 하지만 **무엇**을 읽는지는 더 중요해요. 선별되지 않은 글을 마구잡이로 읽으면 오히려 **독해력**을 기르는 데 방해가 되죠.

'진짜진짜 독서논술'은 오랫동안 읽혀 충분히 검증된 글감을 선택했어요. 또한 어린이 연령에 맞게 새롭게 각색해서 재미있게 술술 읽을 수 있어요.

6 어떤 글감을 골랐나요?

2015개정 교육과정은 창의융합형 인재가 갖춰야 할 여섯 가지 핵심역량을 제시했어요. **자기관리 역량, 지식정보처리 역량, 창의적 사고 역량, 심미적 감성 역량, 의사소통 역량, 공동체 역량**이에요.

'진짜진짜 독서논술'은 이 핵심역량을 기르는 데 적합한 글감을 선별했어요. 창의융합형 인재로 성장하는 데 필요한 스스로 활동에 참여하고 주제를 탐구할 수 있는 글감을 골랐어요.

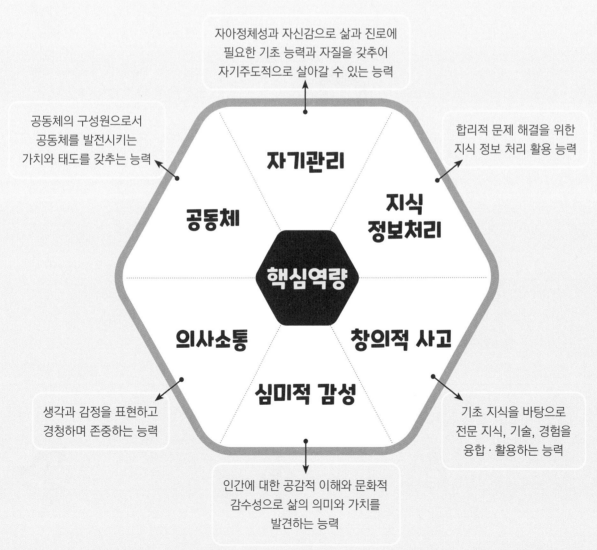

자아정체성과 자신감으로 삶과 진로에 필요한 기초 능력과 자질을 갖추어 자기주도적으로 살아갈 수 있는 능력

공동체의 구성원으로서 공동체를 발전시키는 가치와 태도를 갖추는 능력

합리적 문제 해결을 위한 지식 정보 처리 활용 능력

자기관리

공동체

지식 정보처리

핵심역량

의사소통

창의적 사고

심미적 감성

생각과 감정을 표현하고 경청하며 존중하는 능력

기초 지식을 바탕으로 전문 지식, 기술, 경험을 융합·활용하는 능력

인간에 대한 공감적 이해와 문화적 감수성으로 삶의 의미와 가치를 발견하는 능력

7 학습을 이끌어 가는 캐릭터와 활동지를 소개합니다.

'진짜진짜 독서논술'은 창의융합형 학습을 주도적으로 해낼 수 있는 학습서예요. 학습이 어렵지 않도록 도움을 주는 캐릭터가 등장해요. 친근하고 재미있는 캐릭터를 따라가면서 즐겁게 학습할 수 있어요. 문제 해결에 도움을 주는 활동지도 있어요. 활동지를 적극적으로 활용하면서 학습에 도움을 받을 수 있어요.

가라사대 왕

이야기나라를 다스리는 가라사대왕은 너무 바빠요. 그래서 사건을 해결해 줄 어린이를 찾아 가리사니로 임명하지요. 가리사니는 사물을 판단하는 힘이나 능력을 뜻해요. 우리 친구들이 가리사니가 되어 이야기나라의 문제를 해결해 보는 거예요.

뿌토

학습을 도와줄 친구도 있어요. 눈도 크고 귀도 커서 보고 들은 것이 많은 똑똑한 뿌토예요. 뿌토가 문제와 활동마다 등장해서 도움을 줄 거예요.

요지경

이야기의 줄거리를 미리 그림으로 살펴보는 활동지예요. 재미있는 그림을 보여 주는 요지경 장난감처럼 '진짜진짜 독서논술'의 요지경도 즐거움이 가득해요. 직접 요지경을 만들고 재미있게 살펴보세요.

요지카

이야기에서 다룬 어휘를 선별해서 모아 놓은 낱말카드예요. 요지카의 어휘는 **서울대 국어 연구소**에서 제시한 **등급별 국어 교육용 어휘**에서 선별했어요. 난이도에 따라 별등급을 매겨 놓았어요.

7

우리 책의 구성을 소개합니다.

읽기 전 활동

준비하기

이야기를 이해하기 위해 배경지식을 확인하며
이야기에 대한 호기심을 높이는 활동

훑어보기

이야기에 나오는 그림을 먼저 보고 내용을
상상해 보면서 이해를 높이는 활동

읽기 활동

들어보기

주제를 생각하며 이야기를 직접 읽는 독해 활동

따져보기

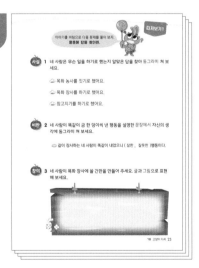

사고력을 기르는 하브루타식 문제를 풀어 보며
토론해 보는 활동

- **읽기 전 활동:** 내용을 짐작하고 관련 정보와 사전 지식을 검토해 보는 활동
- **읽기 활동:** 이야기를 읽고, 문제를 풀며 사고력을 높이는 활동
- **읽은 후 활동:** 이야기를 창의적, 논리적으로 해석하며 생각을 키우는 활동

읽은 후 활동

내용을 잘 이해하고 기억하는지 확인하는 활동

창의융합형 활동으로 창의력을 기르는 활동

이야기의 주제를 창의적으로 해석해서 글로
표현하는 쓰기 활동

주요 어휘와 낱말을 문제로 풀면서 익히는
어휘 활동

1권과 2권의 커리큘럼을 소개합니다.

권	장	제목	핵심역량	키워드	글감	관련 교과
1	1	화가 나!	의사소통	감정	헤라클레스와 관련된 일화	• [국어 1학년 2학기] 겪은 일을 글로 써요 • [봄 1학년 1학기] 씨앗이 자란 모습을 상상해 보기 • [봄 2학년 1학기] 마음 신호등
	2	누가 더 바보일까?	자기관리	자유, 가치관	이솝 작품	• [국어 1학년 2학기] 무엇이 중요할까요 • [가을 1학년 2학기] 내 이웃 이야기 • [사회 4학년 1학기] 보고서 쓰기
	3	도깨비를 본 임금님	지식정보 처리	발상의 전환	제나라 환공과 관련된 일화	• [국어 2학년 1학기] 상상의 날개를 펴요 • [국어 1학년 1학기] 생각을 나타내요 • [국어 2학년 1학기] 마음을 나누어요
	4	믿음의 펌프	공동체	이기심, 이타심	오쇼 라즈니쉬 우화	• [국어 4학년 2학기] 마음을 전하는 글을 써요 • [국어 1학년 2학기] 무엇이 중요할까요 • [국어 2학년 1학기] 말놀이를 해요
2	1	고양이 다리	창의적 사고	협동심, 책임감	고사성어 '묘각재판'에 전해지는 이야기	• [국어 2학년 1학기] 낱말을 바르고 정확하게 써요 • [사회 4학년 2학기] 경제 활동과 현명한 선택 • [국어 2학년 1학기] 마음을 나누어요
	2	박쥐의 싸움	창의적 사고	문제 해결, 판단력	이솝 작품	• [과학 3학년 1학기] 동물의 한살이 • [국어 2학년 1학기] 차례대로 말해요 • [국어 3학년 1학기] 의견이 있어요
	3	돌멩이 자리	자기관리	성찰, 반성	톨스토이 작품	• [국어 2학년 1학기] 다른 사람을 생각해요 • [과학 3학년 1학기] 물질의 성질 • [국어 1학년 2학기] 겪은 일을 글로 써요
	4	팽이와 공	심미적 감성	아름다움, 관계성	안데르센 작품	• [봄 2학년 1학기] 마음 신호등 • [국어 2학년 1학기] 상상의 날개를 펴요 • [봄 2학년 1학기] 나를 소개합니다

차례

깨톡! 메시지가 왔어요. 누구지?

나는 이야기나라의 가라사대왕이에요. 여러분에게 부탁이 있어서 깨톡을 보내요. 궁금하면 제 이야기를 읽어 주세요.

깨톡
깨톡

내가 다스리는 이야기나라는 아주 옛날부터 사람들의 머리와 마음속에서 이야기로 빚어졌어요. 사람뿐만 아니라 온갖 동물과 식물, 심지어는 하늘, 땅, 바다 그리고 귀신과 도깨비도 함께 어울려 살아가지요. 그래서 참 재미있고 별난 일들이 많아요.

2장 박쥐의 싸움

1장 고양이 다리

3장 돌멩이 자리

4장 팽이와 공

하지만 골치 아픈 문제들도 자꾸 일어납니다. 사이좋게 지내다가 다
투기도 하고, 서로 좋아하다가 미워하기도 하고… 에휴, 하루도 조용
할 날이 없어요.

그럴 때면 모두들 나를 찾는답니다. 이게 무엇인지, 어떤 게 옳은지,
어느 게 진짜인지 가려 달라고 말이지요.

그런데 혼자서 해결하려니 힘들 때가 많아요. 그래서 여러분이 도와주면 좋겠어요. '가리사니'가 되어 주실래요? '가리사니'는요, 나 대신 이야기나라를 돌아다니면서 억울하고 딱한 사정이 있는 백성들의 이야기를 들어 주는 일을 해요.

그리고 어떻게 하면 좋을지 '가리사니 보고서'에 써서 나에게 보내 주면 돼요.

가리사니 보고서를 쓰는 방법은 '뿌토'가 알려 줄 거예요.

○○○을
가리사니로
임명합니다.

안녕, 내가 바로 '뿌토'야.

난 부엉이처럼 눈이 엄청 커. 귀도 토끼처럼 크지. 그래서 잘 보고 잘 들어서 아는 것도 엄청 많아. 내가 너희들이 따져 봐야 할 것들을 콕콕 짚어 줄게.

먼저, 가리사니가 되면 '요지경'을 볼 수 있어. '요지카'도 얻을 수 있고.

'가리사니 보고서'는 내가 하라는 대로 잘 따라오기만 하면 쉽게 꾸밀 수 있어. 그러니까 나만 믿고 잘 따라와!

요지경은
요술 거울 같은 건데,
앞으로 만나게 될 이야기의
줄거리를 보여 줘.

요지카는
요술 낱말 카드라고
생각하면 돼.
낯설거나 중요한 낱말을
익히는 데 쓰는 거야.

요지경

요지카

1장
고양이 다리

산골 마을 네 사람이 고양이 때문에 다투었대.
**갑이, 을이, 병이가 말이 안 된다고 하는 일이
무엇인지 알아보고 가려내어 줘.**

누구 책임일까?

엄마가 데려온 강아지가 말썽을 일으켰는데 누가 책임져야 할까?
책임져야 할 사람에게 동그라미 치고 이유를 말해 봐.

누구 책임?
난 모른담게!

엄마가 데려와
기른 강아지니까
엄마가 책임져.

네 동화책이니까
잘 챙겼어야지.
네가 책임져!

당신이 옆에서
보고만 있었으니까
당신이 책임져!

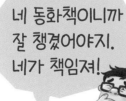

첫 번째 요지경

가라사대왕이 이야기나라의 보물, 요지경을 선물로 주었어.
요지경을 보면서 무슨 일이 벌어졌는지 짐작해 보자.

먼저, 전개도를 이용해서 요지경을 직접 만들어 보자. 활동지 1~4쪽

요지경에 있는 그림을 요리조리 살펴보자.

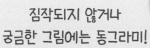

짐작되지 않거나
궁금한 그림에는 동그라미!

네 사람 이야기

이야기를 읽으면서, 중요한 낱말은 요지카로 익혀 보자.
낱말에 요지카 번호를 써 봐. 활동지 17쪽

말도 안 되는 일이에요, 정말!

저는 갑이고요, 을이, 병이, 정이 이렇게 우리 넷은 산골 마을에 살아요.

우리는 돈을 많이 벌고 싶어서 같이 목화 장사를 하기로 했어요. 그래서 넷이 똑같이 금 한 덩이씩 내어 **밑천**을 마련했어요.

목화값이 쌀 때 목화를 사들여 창고에 보관해 두었지요. 값이 오르면 내다 팔려고요.

이야기를 바탕으로 다음 문제를 풀어 보자.
물음에 답을 찾아봐.

 1 네 사람은 무슨 일을 하기로 했는지 알맞은 답을 찾아 동그라미 쳐 보세요.

목화 농사를 짓기로 했어요.

목화 장사를 하기로 했어요.

창고지기를 하기로 했어요.

 2 네 사람이 똑같이 금 한 덩이씩 낸 행동을 설명한 문장에서 자신의 생각에 동그라미 쳐 보세요.

같이 장사하는 네 사람이 똑같이 내었으니 (잘한 , 잘못한)행동이다.

 3 네 사람이 목화 장사에 쓸 간판을 만들어 주세요. 글과 그림으로 표현해 보세요.

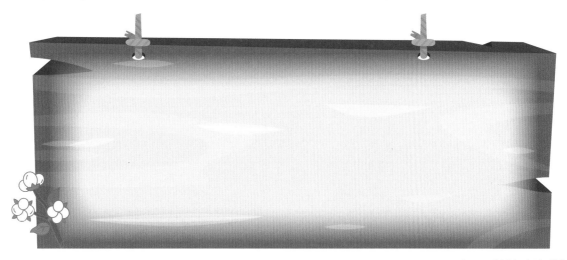

그런데 **말썽**이 하나 생겼어요. 쥐들이 창고 여기저기에 오줌을 싸는 바람에 목화가 누렇게 변해 버렸지 뭐예요.

우리 넷은 의논한 끝에 고양이 한 마리를 사다 풀어놓았어요. 그리고 **공평하게** 네 명이 고양이 다리를 하나씩 맡아 잘 보살피기로 했어요.

저는 오른쪽 앞다리, 을이는 오른쪽 뒷다리, 병이는 왼쪽 뒷다리, 정이는 왼쪽 앞다리를 맡았어요.

그 뒤로는 창고에 쥐들이 얼씬도 못하게 되어 아무 문제없었어요.

이야기를 바탕으로 다음 문제를 풀어 보자.
물음에 답을 찾아봐.

따져보기2

 1 쥐가 창고에 오줌을 싸면 어떤 문제가 생길지 알맞은 내용에 모두 동그라미 쳐 보세요.

목화가 누렇게 변해요.

목화가 팔리지 않아요.

창고가 지저분해져요.

 2 고양이 다리에 각각 맡은 사람의 이름을 써 보세요.

 3 네 사람이 고양이 다리를 하나씩 맡아서 돌보는 건 좋은 생각인지 판단해 보고 O, X 중 하나에 동그라미 쳐 보세요.

사람도 넷이고, 고양이 다리도 넷이니까
다리를 하나씩 맡아 보살피자.

O 좋은 생각이다.

X 좋은 생각이 아니다.

1장 고양이 다리 25

그러던 어느 날, 고양이가 왼쪽 앞다리를 다쳐 절뚝이지 뭐예요. 당연히 그 다리를 맡은 정이가 약을 바르고 헝겊을 감아 주었지요.

그런데 글쎄, 이 헝겊이 좀 풀어졌나 봐요. 그리고 그때 마침 고양이가 **아궁이** 근처를 지나갔나 봐요.

헝겊에 불이 붙고 말았어요. 깜짝 놀란 고양이가 창고로 뛰어들었고요. 그 바람에 쌓아 두었던 목화에 불이 붙어 그만 **홀라당**….

26

따져보기3

이야기를 바탕으로 다음 문제를 풀어 보자.
물음에 답을 찾아봐.

 1 다리를 치료해 준 정이에게 고양이가 뭐라고 했을까요? 고양이가 되어 정이에게 하고 싶은 말을 써 보세요.

 2 문장에 이어질 알맞은 내용을 보기에서 찾아 써 보세요.

✿ 목화에 불이 붙어 그만 홀라당   .

> **보기**
>
> ·목화가 타 버렸어요.   ·냄비가 타 버렸어요.   ·날아가 버렸어요.

 3 목화에 불이 붙은 이유로 알맞은 것을 모두 선택해서 동그라미 치고, 선택한 이유를 말해 보세요.

하필 다리를 다쳤어.

하필 아궁이 근처를 지나갔어.

하필 헝겊이 풀어졌어.

하필 창고로 뛰어들었어.

저희 셋은 정이에게 목화값을 다 물어내라고 했어요. 고양이의 다친 다리는 정이가 보살피기로 했으니까요. 불붙은 헝겊도 정이가 싸매 주었으니까요.

그런데 정이는 정성을 다해 치료한 게 뭐가 잘못이냐며 따졌어요.

그리고 장사를 같이하기로 한 거니까 책임도 넷이 함께 져야 한다고 우기지 뭐예요.

옥신각신 다투다가 마을의 제일 큰 어른인 할머니를 찾아갔지요.

28

이야기를 바탕으로 다음 문제를 풀어 보자.
물음에 답을 찾아봐.

 1 갑이, 을이, 병이 세 사람은 왜 정이에게 목화값을 물어내라고 했는지 이야기에서 알맞은 이유를 찾아 **밑줄을 그어 보세요.**

정이 네가 물어내!

 2 다투던 네 사람이 할머니를 찾아간 이유를 모두 찾아 할머니 스티커를 붙여 주세요.

🐾 할머니가 마을에서 제일 큰 어른이에요.

🐾 할머니가 마을에서 키가 제일 커요.

🐾 할머니는 마을에서 일어난 문제를 해결해 줘요.

 3 친구들과 옥신각신 다툰 경험을 떠올려 보고 그때의 기분을 색으로 칠해 보세요.

친구랑 다퉜을 때 기분을 색으로 표현한다면…

그런데 글쎄, 할머니께서 목화값을 우리더러 물어내라고 하셨어
요. 왜 그래야 하냐고 따졌지요.

그랬더니 할머니께서 물어보시는 거예요.

"고양이가 창고에 들어가지 않았다면 불이 나지 않았겠지?"

우리는 동시에 대답했어요.

"네!"

그러니까 할머니께서 이렇게 말씀하시는 거예요.

"그럼 고양이가 창고로 들어갈 때 어느 다리로 뛰어갔겠니, 다친 다리일까? 아니지, 물론 **성한** 다리겠지? 바로 너희 세 사람이 맡아 보살피기로 한 다리잖아. 그러니까 목화값은 너희 셋이서 물어내야 하는 거야."

나 참, **기막혀서**, 이게 말이 돼요?

무슨 일이쥐

창고의 쥐들이 네 사람에게 일어난 일을 떠벌리고 있어.
그림을 보고 일어난 순서대로 번호를 써 봐.

삐쳤냐옹

네 사람에 대한 고양이의 마음을 생각해 보고, **좋은 사람에게는**
스티커, **싫은 사람에게는** 스티커를 붙여 봐.

네 사람을 처음 만났을 때

갑이	을이	병이	정이

다리를 다쳤을 때

갑이	을이	병이	정이

**창고가 불에 타서
네 사람이 싸울 때**

갑이	을이	병이	정이

다리뿐이냐옹

네 사람은 고양이를 각각 다리 하나씩 맡아서 돌보았어. 고양이를 돌보는 더 좋은 방법은 무엇일까? **다른 생각을 써 봐.**

정이

갑이

을이

병이

하루에 한 사람씩 돌아가면서 돌보자.

고양이가 돌볼 사람을 선택하게 하자.

머리, 몸통, 다리, 꼬리로 나누어서 돌보자.

누가 돌볼지 가위, 바위, 보로 결정하자.

 고양이를 돌보는 좋은 방법은…

억울하냐옹

고양이도 억울하다며 창고에 불이 붙은 이유를 생각해 보았대.
고양이가 무엇을 탓할지 선택해서 동그라미 쳐 봐.

갑이, 을이, 병이
너희들
때문이야!

쥐
너 때문이야!
야옹~

정이
너
때문이야!

무엇 때문이냐옹!

헝겊
너
때문이야!

아궁이
너
때문이야!

나
때문이야!

망하고 흥하고

네 사람이 함께 장사를 해서 망하면 손해를 누가 책임져야 할까, 또 장사가 잘되면 이익을 어떻게 나누어야 할까? **공평한 방법을 생각해 봐.**

장사 **망**했냐옹

금 네 덩이를 모두 까먹었어. 누가 얼마만큼 물어내야 할지 금덩이 스티커를 붙여 줘.

장사 **흥**했냐옹

금이 여덟 덩이로 불어났어. 누가 얼마만큼 가져야 할지 금덩이 스티커를 붙여 줘.

갑이

을이

병이

정이

갑이

을이

병이

정이

할머니 속마음

네 사람의 이야기를 듣는 할머니의 속마음은 어땠을까? **속마음과 어울리는 표정에 동그라미 치고 어떤 마음인지 말해 봐.**

우리 네 사람은 공평하게 금 한 덩이씩 냈어요.

의논해서 고양이 한 마리를 사 왔어요.

공평하게 고양이 다리를 하나씩 맡아서 돌보았어요.

정이가 돌본 다리에 불이 붙었으니까 정이가 책임져야죠.

왜 나만 책임져?

요 녀석들 봐라!

책임은 어떻게

할머니의 말씀이 옳은지 그른지 판단해 보고, 그르다면
누가 책임을 져야 할지 생각해 봐.

할머니의 말씀은
말이 돼, 안 돼?
말이 된다면 O에
안 된다면 X에 색칠해.

할머니가 X라면
누가 책임을 져야 할까?
아래에서 골라
동그라미 쳐 봐.

🔊 ✉ 💬   09:30   80% 🔋

가리사니 보고서

할머니는 갑이, 을이, 병이가 목화값을 물어내야 한다는데
너는 어떻게 생각해? **가라사대왕에게 네 생각을 알려 봐.**

작성자 _____

작성한 날짜 _____ 년 _____ 월 _____ 일

보고 내용   저는 '이야기나라'의 가리사니 _____ 입니다.

목화값은 _____ (이)가 물어내야 합니다.

왜냐하면 _____

_____ 때문입니다.

_____

책임지는 행동은 중요합니다. _____

_____

위 내용은 모두
열심히 탐구한
제 생각입니다.

서명 _____

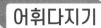

고양이 뒤풀이

고양이가 낱말 퀴즈 뒤풀이를 열었어. 낱말 퀴즈를 풀어서 가리사니
힘을 다져 보자고. **요지카를 보면서 문제를 풀어 봐.**

1 고양이가 밟고 지나가는 바람에 낱말이 잘 보이지 않아요. 무슨 낱말인지
요지카에서 찾아서 동그라미 쳐 보세요.

뿌토가 가지고 있던 돈을 사탕을 사는 데
다 써 버렸어요.

| 홀 | 라 | 당 | | 왈 | 카 | 당 | | 땡 | 가 | 당 |

사탕을 가라사대왕이 먹어 버리자 뿌토가 가라사대왕과
옥신각신 다투었어요.

| 굴 | 신 | 굽 | 신 | | 욱 | 신 | 욱 | 신 | | 옥 | 신 | 각 | 신 |

2 고양이가 노래를 부르고 있어요. 가사를 보고 빈칸에 들어갈 알맞은 낱말을
요지카에서 찾아 써 보세요.

바늘에 실을 꿰어 쓰는 구멍은~ 요~ 바늘귀

개가 드나드는 구멍은~ 요~ 개구멍

땔감을 넣고 불을 지피는 구멍은~ 요~ ☐☐☐

할머니가 혼내면~요~ 혼꾸멍나요

3 낱말에 필요한 자음자를 찾아 선을 긋고 받침을 완성해서 써 보세요.

마써 좀 그만 부려!

미처 이 떨어졌어.

4 가로세로 낱말 퍼즐의 답을 요지카에서 찾아 써 보세요.

가로 열쇠

1. 성장하는 시기
2. 한쪽으로 치우치지 않고 비슷하다.

세로 열쇠

1. 상한 데가 없이 멀쩡하다.
2. 놀랍거나 마음에 들지 않아서 좋지 않다.

2장
박쥐의 싸움

이야기나라 짐승들 싸움에 휘말린 박쥐가 억울하대. **무슨 까닭인지 알아보고 박쥐의 억울함을 풀어 줘.**

박쥐 X 파일

박쥐의 일을 해결하려면 박쥐에 대해 좀 알고 있어야겠지?
박쥐의 엑스 파일을 보고 알맞은 곳에 동그라미 쳐 봐.

눈 밝은 쥐라는 뜻으로
'밝쥐'라고 했대요.

동굴, 나무속 따위에 살며,
두더지 종류에서 갈라져
나왔다고 해요.

	알고 있어요	알게 됐어요	더 알고 싶어요
박쥐는 알을 낳는 새가 아닌 젖먹이 동물이다.	!	○○○	?
젖먹이 동물 중에서 새처럼 날 수 있는 것은 박쥐 하나뿐이다.	!	○○○	?
박쥐는 눈이 나쁜 대신에 귀가 아주 밝다.	!	○○○	?
치타보다 빠르게 나는 박쥐도 있다.	!	○○○	?
밤에 돌아다니며 해충을 잡아먹고 낮에는 거꾸로 매달려 지낸다.	!	○○○	?

두 번째 요지경

가라사대왕이 이야기나라의 보물, 요지경을 선물로 주었어.
요지경을 보면서 무슨 일이 벌어졌는지 짐작해 보자.

먼저, 전개도를 이용해서 요지경을 직접 만들어 보자. | 활동지 5~8쪽

요지경에 있는 그림을 요리조리 살펴보자.

짐작되지 않거나
궁금한 그림에는 동그라미!

박쥐 이야기

이야기를 읽으면서, 중요한 낱말은 요지카로 익혀 보자.
낱말에 요지카 번호를 써 봐. 활동지 19쪽

글쎄, 언제부터인지 싸우고 있더라고요. 하늘을 날아다니는 날짐승들과 땅을 기어 다니는 길짐승들이 말이에요. 둘이 편을 갈라 막 **치고받고** 싸웠는데요. 왜 싸우는지는… 그건 저도 잘 몰라요. 아무튼 그런데 저는요, 정말 곤란했어요. 어느 편에 서야 하는지 몰라서요.

생각해 보세요. 저는 하늘을 날기도 하고, 땅을 기어 다니기도 하잖아요. 날짐승인지 길짐승인지 저도 잘 모르겠거든요. 뭐 **잠자코** 지켜보는 수밖에 없었지요.

46

따져보기1

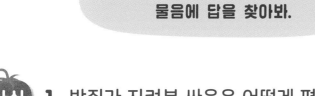

이야기를 바탕으로 다음 문제를 풀어 보자.
물음에 답을 찾아봐.

사실 **1** 박쥐가 지켜본 싸움은 어떻게 편을 가른 싸움이었는지 빈칸에 알맞은 낱말을 써 보세요.

하늘을 날아다니는  땅을 기어 다니는

추론 **2** 박쥐가 길짐승과 날짐승 사이의 싸움에 끼어들지 않은 이유를 모두 찾아 동그라미 쳐 보세요.

박쥐는 자신이 날짐승인지 길짐승인지 몰라서 잠자코 지켜만 봤어.

박쥐는 어느 편에 서야 하는지 몰라서 끼어들지 않았어.

박쥐는 싸움이 싫어서 끼어들지 않았어.

박쥐는 길짐승과 날짐승이 왜 싸우는지 몰라서 가만히 있었어.

그런데 하늘다람쥐가 자꾸 나한테 길짐승 쪽으로 붙으라고 했어요.

"박쥐야, 너도 새끼를 낳고 기르니까 우리 편으로 와."

어떻게 할까 고민하고 있는데, 어디선가 독수리가 날아와 새들을 돕지 뭐예요.

독수리 때문에 싸움은 금세 날짐승 쪽으로 힘이 기울었어요.

그래서요, 저는 얼른 날개를 펴고 날아서 새인 척했지요. **잽싸게** 새들 편에 서서 길짐승들과 싸웠어요. 싸움은 날짐승 편이 금방이라도 이길 것 같았어요.

이야기를 바탕으로 다음 문제를 풀어 보자.
물음에 답을 찾아봐.

 1 박쥐가 날개를 펴고 새인 척한 이유를 이야기에서 찾아 밑줄을 그어 보세요.

날개를 펴고 새인 척해야지.

 2 박쥐가 날짐승 편을 든 행동을 어떻게 생각하는지 아래에서 골라 박쥐 스티커를 붙여 주세요.

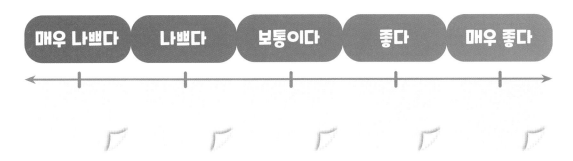

| 매우 나쁘다 | 나쁘다 | 보통이다 | 좋다 | 매우 좋다 |

3 박쥐는 날짐승이 아니라는 종달새의 말에 여러분이 박쥐라면 뭐라고 답했을지 써 보세요.

박쥐는 날짐승이 아니야.
박쥐는 새끼를 낳는데
어떻게 날짐승이 될 수 있지?
우리는 알을 낳는다고!

그런데 어라, 사자와 호랑이가 길짐승 편에 힘을 보태고 나서는 게 아니겠어요. 그 바람에 싸움은 날짐승 편이 **불리해**졌어요. 곧 질 것만 같지 뭐예요.

어쩌기는요? 저는 곧장 날개를 접고 쥐인 척하는 수밖에요. 그러고는 길짐승 편에 붙어서 싸웠지요.

50

이야기를 바탕으로 다음 문제를 풀어 보자.
물음에 답을 찾아봐.

1 싸움에서 이기던 날짐승 쪽이 불리해진 이유를 잘 설명한 문장에 동그라미 쳐 보세요.

박쥐가 날짐승 편에 붙어서 싸웠어요.

사자와 호랑이가 길짐승 편에 붙어서 싸웠어요.

날짐승이 힘이 빠졌어요.

2 날짐승 편에 섰던 박쥐가 길짐승 편을 든 행동을 어떻게 생각하는지 아래에서 골라 박쥐 스티커를 붙여 주세요.

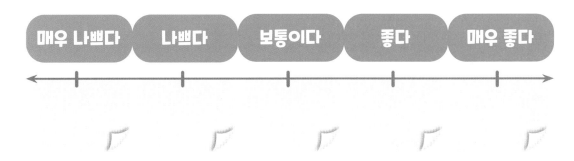

| 매우 나쁘다 | 나쁘다 | 보통이다 | 좋다 | 매우 좋다 |

3 친구와 싸운 경험을 이야기해 보고, 그때의 기분을 꼬불꼬불 선으로 표현해 보세요.

싸울 때 내 기분은 아마 이랬을 거야.

친구와 싸울 때 내 기분은…

하지만 금방 끝날 것 같던 싸움이 어느 쪽도 이기지 못하고 계속되었어요. 결국 두 편 모두 지쳤고 **그제야** 싸움을 멈추었어요. 길짐승들과 날짐승들은 다시 사이좋게 지내기로 했지요.

그런데 말이죠. 싸움이 끝나자 얘네들 모두 저를 미워하는 거예요. 길짐승도 날짐승도 제가 얄밉다고 **따돌리지** 뭐예요.

52

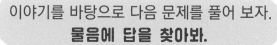
이야기를 바탕으로 다음 문제를 풀어 보자.
물음에 답을 찾아봐.

 사실 **1** 싸움이 끝나자 길짐승과 날짐승 사이는 어떻게 되었는지 문장에 알맞은 낱말을 써 보세요.

어느 쪽도 이기지 못했어요.

모두 지쳤어요.

싸움을 멈췄어요.

다시   지내기로 했어요.

 추론 **2** 길짐승과 날짐승이 박쥐를 미워한 이유를 적은 글에서 박쥐의 행동을 나타낸 속담을 따라 써 보세요.

길짐승과 날짐승은 박쥐가 간에 붙었다 쓸개에 붙었다 해서
너무 얄미웠대요.
박쥐처럼 자기 이익만 생각해서 행동하면 미워요.

자기 이익만 생각해서 이쪽에 붙었다
저쪽에 붙었다 한다는 뜻이에요.

✏️ 속담:

길짐승들은 저와 함께 살 수 없다고 하지 뭐예요. 그래서 컴컴한 굴이나 조그만 구멍에서 살라고 쫓아냈어요. 꼴도 보기 싫다며 밤에만 **나다니라고** 하면서요.

게다가요, 날짐승들은 밉다고 제 온몸의 깃털도 다 뽑아 버렸어요. 그래서요, 저는 이렇게 **벌거숭이** 꼴로 밤에만 겨우 돌아다니는 불쌍한 처지가 되었답니다.

제가 무얼 그리 잘못했다고 그러는지 몰라요. 저는 정말 억울해요. 예전처럼 살고 싶어요. 어떻게 좀 해 주시면 안 돼요?

싸움은 왜

가라사대왕이 궁금한 게 있어서 질문했어. **질문에 어울리는 그림과 답을 찾아 선을 긋고, 빈칸에 답을 써 봐.**

| 누구에게 있었던 일인가요? | 무엇을 했나요? | 왜 싸웠나요? | 어떻게 되었나요? |

| 박쥐에게 있었던 일이에요. | 길짐승과 날짐승이 싸웠어요. | | 동물들이 화해했어요. |

박쥐의 일

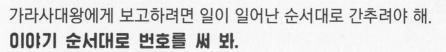

가라사대왕에게 보고하려면 일이 일어난 순서대로 간추려야 해.
이야기 순서대로 번호를 써 봐.

박쥐의 말

박쥐에게 궁금한 걸 물어본다면 뭐라고 답할까? **그럴듯한 답을 선택해서 동그라미 치고, 선택한 이유를 말해 봐.**

박쥐야,
너는 네가 새라고 생각하니,
쥐라고 생각하니?

| 새 | 글쎄요 | 쥐 |

싸움이 나면
자기와 닮은 쪽을 편들고
돕는 것이 좋다고 생각하니?

| 좋아요 | 나빠요 | 몰라요 |

이편에 섰다가 저편에 섰다가
하는 것이 옳다고 생각하니?

| 옳아요 | 글러요 | 아무렴 어때요 |

박쥐야,
너한테는 아무 잘못이 없다고
생각하니?

| 그래요 | 아니요 | 묻지 마세요 |

미운 까닭

날짐승과 길짐승은 왜 박쥐를 미워했을까?
까닭을 들어 보고 박쥐가 뭐라고 했을지 적어 봐.

박쥐는 정말 나빠요.
우리가 이기고 있을 때는
우리 편이었다가 우리가 지니까
우리를 배신했거든요.

박쥐는 정말 미워요.
날짐승을 응원하다가 우리가
이기니까 우리 편으로 왔거든요.

 너무 그러지 마세요. 내가 왜 그랬냐면요.

날짐승 길짐승

박쥐가 편든 쪽이 이겼다면 박쥐는 어떤 모습으로 살아갈까?
박쥐의 모습을 상상해서 그리고 설명을 써 봐.

날짐승이 이겼다면
박쥐는 아마 이렇게…

길짐승이 이겼다면
박쥐는 아마 이렇게…

뒷이야기 바꾸기

결국 박쥐는 길짐승과 날짐승 모두에게 미움받았어. 네가 이야기를
쓴다면 결말을 어떻게 바꾸고 싶어? **예시처럼 상상해서 이야기해 봐.**

싸움은 어느 쪽도 이기지 못했어.

.
.
.

내가 결말을
다시 쓴다면…

예시 길짐승이 곧 이길 것 같았지만, 이번에는 날짐승이 힘을 모아서 한꺼

번에 공격했어.

그래서 날짐승이 다시 우세해졌지.

이렇게 싸움은 끝날 것 같으면서도 끝나지 않고, 아직도 길짐승과

날짐승은 싸우고 있단다. 결국 박쥐는 길짐승과 날짐승 사이를 왔

다 갔다 하면서 아직까지도 이러지도 저러지도 못하고 있대.

요련 방법

박쥐가 싸움에 말려들지 않을 방법은 없었을까?
만약 네가 박쥐라면 어떻게 했을지 생각하고 써 봐.

그것 봐! 박쥐야,
내 말대로 그냥 길짐승
편을 들면 좋았을 거야.

하늘다람쥐가
하라는 대로
할 걸 그랬나?

✏️ 내가 박쥐였다면…

박쥐야? 내가 도와줄까?
내가 보기에 넌 너무 약해.
그래서 길짐승과 날짐승이
널 무시하는 거야.
일단 힘이 강해져야겠다.
어때? 내 편이 되는 건?

배트맨에게
도와 달라고 했으면
어땠을까?

09:30   80%

가리사니 보고서

박쥐는 억울하다는데 너는 어떻게 생각해? 박쥐가 억울한
이유는 뭘까? **가라사대왕에게 네 생각을 알려 봐.**

작성자 _____

작성한 날짜 _____ 년 _____ 월 _____ 일

보고 내용   저는 '이야기나라'의 가리사니 _____ 입니다.

박쥐가 억울하다고 생각하는 이유는 _____

_____

저는 박쥐가 (잘못했다고 , 잘못하지 않았다고) 생각합니다. 왜냐하면

_____

_____ 때문입니다.

위 내용은 모두
열심히 탐구한
제 생각입니다.

서명_____

박쥐 뒤풀이

박쥐가 낱말 퀴즈 뒤풀이를 열었어. 낱말 퀴즈를 풀어서 가리사니 힘을 다져 보자고. **요지카를 보면서 문제를 풀어 봐.**

1 박쥐의 엉뚱한 낱말 풀이를 보고 빈칸에 들어갈 낱말을 요지카에서 찾아 써 보세요.

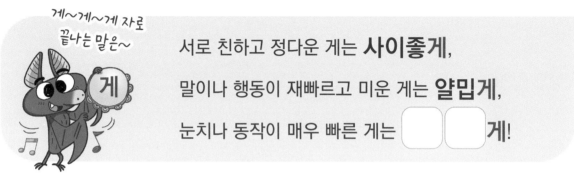

게~게~게 자로 끝나는 말은~
게

서로 친하고 정다운 게는 **사이좋게**,

말이나 행동이 재빠르고 미운 게는 **얄밉게**,

눈치나 동작이 매우 빠른 게는 ☐☐게!

놀라거나 기가 막히는 코는 **아이코**,

어떤 일이라도 반드시 해내는 코는 **기어코**,

아무 말없이 가만히 있는 코는 ☐☐코!

코~코~코 자로 끝나는 말은~
코

2 낱말 덧셈을 해 볼까요? 다음 두 낱말을 더하면 어떤 낱말이 될지 빈칸에 들어갈 글자를 써 보세요.

사다	주다	치다
+ 팔다	+ 받다	+ 받다
사고팔다	주고 ☐ 다	☐☐☐ 다

3 이게 뭐**야**! 모두 **야** 자로 끝나게 빈칸에 들어갈 낱말을 요지카에서 찾아 써 보세요.

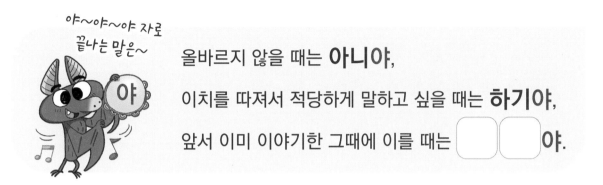

야~야~야 자로 끝나는 말은~

올바르지 않을 때는 **아니야**,

이치를 따져서 적당하게 말하고 싶을 때는 **하기야**,

앞서 이미 이야기한 그때에 이를 때는 ☐☐**야**.

4 박쥐가 거꾸로 매달려 있어서 낱말도 거꾸로 읽었다고 해요! 사다리를 타고 내려가서 바르게 읽은 낱말을 써 보세요.

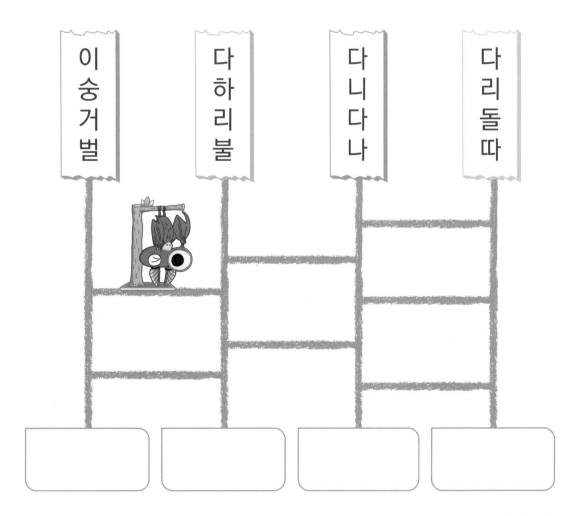

3장
돌멩이 자리

지혜를 얻으려고 제일가는 선생님을 찾아온 하나가
어리둥절하대. **하나가 어리둥절한 까닭을 알아보고
어떻게 해야 하는지 알려 줘.**

죄와 사람

사람의 죄나 잘못에 대하여 전해 오는 말이 있어.
뜻을 생각해 보고, 맞다고 생각하는 의견에 동그라미 쳐 봐.

" 털어서 먼지 안 나는 사람 없다. "

털면 먼지가 나듯이
누구나 다 조그만 잘못이나
죄를 짓고 산다는 말이지.

" 법 없이 살 사람이다. "

착해서 법이 없어도
죄를 짓지 않고 사는 사람도
드물게 있다는 말이지.

왼쪽이 맞아.

오른쪽이 맞아.

둘 다 맞아.

둘 다 틀렸어.

세 번째 요지경

가라사대왕이 이야기나라의 보물, 요지경을 선물로 주었어.
요지경을 보면서 무슨 일이 벌어졌는지 짐작해 보자.

 먼저, 전개도를 이용해서 요지경을 직접 만들어 보자. 활동지 9~12쪽

 요지경에 있는 그림을 요리조리 살펴보자.

짐작되지 않거나
궁금한 그림에는 동그라미!

하나 이야기

이야기를 읽으면서, 중요한 낱말은 요지카로 익혀 보자.
낱말에 요지카 번호를 써 봐. 활동지 21쪽

쳇, 지혜를 가르쳐 달라고 했더니 저더러 죄인이래요, 글쎄!

저는요 '하나'라고 해요. 방금 지혜로 제일간다고 알려진 선생님을 만나고 오는 길이에요.

그런데 마침 '이나'라는 아이도 선생님을 찾아왔더라고요. 이나는 예전에 친구가 괴롭힘 당하는 걸 알면서도 모른 척했더래요. 자신도 괴롭힘 당할까 봐 무서워서요. 그 때문에 괴로워서 어떻게 해야 잘못을 **용서**받을 수 있을지 물어보려고 왔더라고요.

이야기를 바탕으로 다음 문제를 풀어 보자.
물음에 답을 찾아봐.

 1 '하나'가 만난 선생님이 누구인지 잘 설명한 내용에 선생님 스티커를 붙여 주세요.

| 제일 아름다운 선생님 | 제일 지혜로운 선생님 | 제일 가느다란 선생님 |

 2 빈칸에 알맞은 낱말을 써서 '이나'가 괴로워한 이유를 설명해 보세요.

괴롭힘 당하는 　　　　　를 모른 척했어요.

 **3** '하나'와 '이나'가 선생님을 만나러 온 이유를 찾아 선을 그어 보세요.

이나 ●

● 지혜를 얻으려고 찾아왔어요.

하나 ●

● 죄를 용서받을 수 있는 방법을 알고 싶어서 찾아왔어요.

저야 지금까지 아무 잘못도 하지 않아서 **떳떳했지요**. 그래서 어떻게 해야 지혜롭게 살아가는지 물어보았어요.

그런데 선생님은 정말 잘못이 하나도 없냐고 되묻더라고요. 저는 지은 죄가 조금도 없다고 했지요.

그랬더니 선생님이 다짜고짜 밖에 나가서 돌을 주워 오라고 하지 뭐예요. 이나에게는 큰 돌 하나를 주워 오라고 하고, 저에게는 될 수 있으면 **자그마한** 돌을 많이 주워 오라고 했어요.

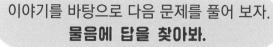

 1 여러분은 어떤 잘못을 했을 때 괴로웠나요? 자신의 잘못을 비밀 쪽지에 써 보고 자물쇠 스티커를 붙여 주세요.

 2 낱말 '다짜고짜'를 넣어 문장을 만들어 보세요.

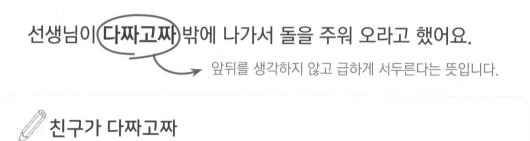

선생님이 **다짜고짜** 밖에 나가서 돌을 주워 오라고 했어요.

→ 앞뒤를 생각하지 않고 급하게 서두른다는 뜻입니다.

✏ 친구가 다짜고짜

 3 누가 주워 온 돌인지 알맞은 사람을 골라 스티커를 붙여 보세요.

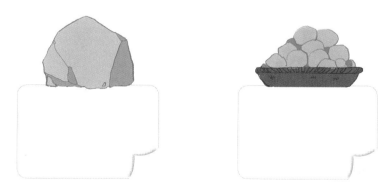

우리는 시키는 대로 했지요. 그런데요, 기막혀서. 그것들을 주워 왔던 곳에 다시 갖다 놓으래요. 한 바구니나 되는 **돌멩이**를 주워 왔는데 말이에요.

다시 갖다 놓으라고 하니까 갖다 놓을 수밖에요. 그런데 그 많은 돌멩이들을 어떻게 다 제자리에 갖다 놓을 수 있겠어요. 어떤 돌이 어디에 있었는지 어떻게 다 기억해요? 아무리 생각해 봐도 기억이 안 나서 그냥 되돌아왔지요.

이야기를 바탕으로 다음 문제를 풀어 보자.
물음에 답을 찾아봐.

 1 '돌'을 떠올리면 어떤 생각들이 드는지 써 보세요.

예 딱딱하다

 2 하나가 돌을 제자리에 갖다 놓을 수 없었던 이유를 모두 찾아 동그라미 쳐 보세요.

돌멩이가 너무 많아서 갖다 놓을 수 없었어요.

다시 갖다 놓으라니까 기가 막혀서 갖다 놓을 수 없었어요.

돌멩이가 있던 자리를 기억하지 못해서 갖다 놓을 수 없었어요.

이나는 **어느새** 돌아왔더라고요. **달랑** 큰 돌 하나니까 머리가 돌이 아니라면 금방 갖다 놓고 왔겠지요.

선생님은 우리에게 말했어요.

"이나는 그 큰 돌을 어디서 가져왔는지 분명히 기억하는구나. 그래서 쉽게 제자리에 다시 놓고 왔지. 하지만 하나 너는 그 많은 돌멩이들의 제자리를 다 기억하지 못하고 다시 가져왔지? 우리가 죄를 짓고 사는 것이 꼭 이와 같단다."

이야기를 바탕으로 다음 문제를 풀어 보자.
물음에 답을 찾아봐.

추론 **1** 돌을 갖다 놓을 수 있었던 이유를 이나에게 물어본다면 뭐라고 답할지 생각하고 써 보세요.

 내가 돌을 다시 가져다 놓을 수 있었던 이유는…

비판 **2** 빈칸에 들어갈 알맞은 내용을 쓰고, 선생님의 말이 맞는지 틀린지 동그라미 쳐 보세요.

돌이 있던 자리를

기억한다

기억하지 못한다

죄를

죄를

 선생님 말이 맞아요!

 선생님 말이 틀려요!

선생님은 계속 말했어요.

"자신이 지은 죄를 기억하고 있으면 **양심**에 찔리고 남이 욕하는 것을 견디지. 그래서 늘 반성하며 겸손하게 살게 돼. 하지만 그 덕에 죗값을 치르고 조금이라도 용서를 받게 된단다.

그런데 하나, 너는 자기도 모르게 지은 작은 죄들이 아주 많을 거야. 기억하지 못할 뿐이지. 마치 그 돌멩이들의 제자리를 기억하지 못하는 것처럼. 지은 죄가 **별것** 아니라고 여겨서는 안 돼. 늘 반성하면서 살아야 해. 그게 살아가는 지혜란다."

나 참, 뭐가 죄고, 뭐가 지혜라는 건지. 도무지 모르겠어요….

중요한 말

이야기에서 나왔던 낱말들이 누구에게 더 중요한지
별표를 그리고 이유를 말해 봐.

 이나

 하나

용서

지혜

친구

큰 돌

돌멩이

죄

선생님의 일

선생님이 하나와 이나가 찾아왔던 일을 이야기하고 있어.
그림을 보고 순서대로 번호를 써 봐.

돌멩이 갖다 놓기

하나의 돌멩이를 제자리에 갖다 놓을 수 있는 방법을 생각해 보고,
그림과 글로 표현해 봐.

하나의 돌멩이를
제자리에 갖다 놓을
좋은 방법이 없을까?

짚어보기2

누가 더 잘못

등장인물들은 하나와 이나 중에서 누구의 잘못이 더 크다고 생각할지
짐작해 보고 **알맞은 곳에 동그라미 쳐 봐.**

하나의 잘못

선생님은 하나가 오늘도 잘못을 저질렀다고 했어. **하나가 저지른 잘못이라고 생각하는 것에 색칠하고 이유를 말해 봐.**

쳇, 나더러 죄인이래요!

죄를 짓지 않아 떳떳해요!

잘난 체하기

거짓말하기

불평하기

샘내기

무시하기

머리가 돌이 아니라면 갖다 놓겠죠!

기가 막혀서! 다시 갖다 놓으라고요!

누구나 별것 아니라고 여겨 쉽게 저지르는 잘못도 많습니다.

짚어보기4

용서받은 이나

이나가 돌아가는 길에 옛 친구를 만났어.
주고받은 대화와 어울리는 이나의 표정에 선을 그어 봐.

이나 (놀라며) 어?

친구 (놀라며) 어?

이나 (결심한 듯) 너를 만나게 되어서 다행
이야. 너에게 할 말이 있어.

친구 (궁금한 표정) ….

이나 (미안해하며) 예전에 네가 괴롭힘 당할
때 모른 척해서 미안해.

친구 (망설이다가) 사과해 주니까 받을게.

이나 (울먹이며) 미안해, 친구야. 나를 용서
해 줘.

친구 울지 마. 용서해 줄게.

이나 정말 고마워!

하나와 이나

하나와 이나가 선생님을 만나고 온 날 일기를 썼어.
어떤 내용이 들어가면 좋을지 생각해 보고 이어서 써 봐.

년 월 일 요일	

선생님은 늘 반성하며 겸손하게 살면 용서받는다고 했다.

그동안 괴로웠는데…

년 월 일 요일	

선생님은 작은 잘못이라고 해도 가볍게 여기면 안 된다고 했다.

생각해 보니…

🛜 ✉ 💬　　　　　　　　　09:30　　　　　　　　　80% 🔋

가리사니 보고서

하나는 반성하면서 사는 게 지혜라는 말의 뜻을 모르겠다는데
너는 어떻게 생각해? **가라사대왕에게 네 생각을 알려 봐.**

작성자 _____

작성한 날짜 _____ 년 _____ 월 _____ 일

보고 내용　저는 '이야기나라'의 가리사니 _____ 입니다.

저는 반성하면서 사는 게 (지혜라고 , 지혜가 아니라고) 생각합니다.

왜냐하면 _____

_____ 때문입니다.

저는 하나가 (반성해야 , 반성하지 않아도) 된다고 생각합니다.

_____

_____

위 내용은 모두
열심히 탐구한
제 생각입니다.

서명 _____

선생님 뒤풀이

선생님이 낱말 퀴즈 뒤풀이를 열었어. 낱말 퀴즈를 풀어서 가리사니 힘을 다져 보자고. **요지카를 보면서 문제를 풀어 봐.**

1 선생님이 흥얼흥얼 노래를 부르고 있어요. 가사를 보고 빈칸에 들어갈 알맞은 글자를 요지카에서 찾아 써 보세요.

♪ 요즈음만 날아다니는 새는 **요새**,

밤에만 계속 날아다니는 새는 **밤새**,

나도 모르는 사이에 날아간 새는 　　　**새**.

♪ 함께 있고 싶어도 혼자인 것은 　　**랑**,

함께 있으면 뒤로 자빠진 것은 **발랑**,

함께 있으면 다 없어지는 것은 **홀랑**.

2 돌 무리들은 크고 작은 것에 따라 이름이 달라요. 빈칸에 들어갈 알맞은 낱말을 써 보세요.

바위 → 돌덩이 → □ □ □ → 자갈 → 모래

3 친구가 쓴 글에서 틀린 글자가 있어요. 틀린 글자를 찾아 바르게 고쳐 써 보세요.

네가 어떻게 나한테 그럴 수 있어.

네가 조금의 (양심)이 있다면 내게 그렇게 못 하지!

나는 이번 일과는 아무 상관도 없어.

잘못한 게 하나도 없이 (뻣뻣)해.

너 앞으로 다시 한번 더 이런 일이 있으면 (용사)없을 줄 알아라!

4 두 낱말의 관계를 보고, 빈칸에 어울리는 낱말을 써 보세요.

크다 < 큼지막하다

작다 > ☐☐☐ 하다

4장
팽이와 공

공 아가씨를 사랑한 팽이는 자신이 사랑한 진짜 공 아가씨가 누구인지 모르겠대. **팽이는 왜 자신의 마음을 알 수 없어 하는지 알아내 봐.**

내 단짝

누구나 좋아하는 사람이 있지.
네가 좋아하는 단짝에 대한 마음을 그림으로 표현해 봐.

네 단짝의 가장 멋지고
귀여운 모습을 그려 봐.

네 단짝이 다른 친구를 좋아한다면
너는 어떤 표정일지 그려 봐.

다른 친구들이 네 단짝을 못났다고
한다면 너는 어떤 표정일지 그려 봐.

92

네 번째 요지경

가라사대왕이 이야기나라의 보물, 요지경을 선물로 주었어.
요지경을 보면서 무슨 일이 벌어졌는지 짐작해 보자.

먼저, 전개도를 이용해서 요지경을 직접 만들어 보자. 활동지 13~16쪽

요지경에 있는 그림을 요리조리 살펴보자.

짐작되지 않거나
궁금한 그림에는 동그라미!

팽이 이야기

이야기를 읽으면서, 중요한 낱말은 요지카로 익혀 보자.
낱말에 요지카 번호를 써 봐.   활동지 23쪽

공 아가씨를 장난감 상자 속에서 보자마자 한눈에 반하고 말았어. 그래서 빙글빙글 춤을 추면서 청혼했지. 하지만 공 아가씨는 **시큰둥했어.**

"흥, 넌 나랑 어울리지 않아. 나는 귀한 가죽 집안에서 만들어진 공이라고! 내 속에는 좋은 코르크가 있다고."

나는 이대로 물러설 수 없어서 수줍게 말했어.

"나도 귀한 박달나무 집안에서 만들어졌어. 금색 옷도 입고 있다고."

하지만 **딱지**를 맞았어.

"나는 제비님과 약혼한 사이야. 하늘로 오를 때마다 제비님이 결혼하자고 지지배배 지저귀는걸."

이야기를 바탕으로 다음 문제를 풀어 보자.
물음에 답을 찾아봐.

사실 **1** 누가 이야기를 들려주고 있는지 써 보세요.

추론 **2** 공 아가씨가 팽이의 청혼에 시큰둥한 이유를 모두 찾아 공 스티커를 붙여 주세요.

흥, 팽이는 나보다 춤을 잘 추어서 못마땅해!

흥, 나는 귀한 장난감이라서 팽이랑 어울리지 않아!

흥, 나는 제비님을 좋아해!

창의 **3** 공 아가씨와 팽이처럼 자신의 멋있는 부분을 소개하는 말을 해 보세요.

나는 귀한 가죽으로 만들었고

속에는 코르크도 있어.

나는!

나는 귀한 박달나무로 만들었고

금색 옷을 입고 있어.

마음이 아팠어. 하지만 공 아가씨가 나를 잊지 않겠다고 말해 주어서 **위로**가 되었어. 우리는 서로 다시 말을 걸지 않았지.

그러던 어느 날 주인 꼬마가 공 아가씨를 데리고 나갔어. 공 아가씨는 핑핑 소리를 지르며 날았어. 보이지 않을 정도로 높이 올랐다가 땅에 내려앉더라고. 그 모습이 마치 춤을 추는 것처럼 아름다웠지.

하지만 공 아가씨는 점점 더 높이 튀어 오르는 것 같더니 결국 돌아오지 않았어. 주인 꼬마가 찾고 또 찾았지만 사라지고 없었어. 난 공 아가씨가 어디로 갔는지 알 것 같았어. 제비님 **둥지**일 거야.

이야기를 바탕으로 다음 문제를 풀어 보자.
물음에 답을 찾아봐.

1 팽이를 잊지 않겠다는 공 아가씨의 말속에 담긴 의미를 잘 표현한 문장을 골라 동그라미 쳐 보세요.

팽이야,
넌 잊지 않을게.

❀ 진심으로 한 **참말**이에요.

❀ 마음에도 없는 **빈말**이에요.

❀ 거짓이 없는 **정말**이에요.

2 공 아가씨가 돌아오지 않자 팽이가 어떻게 생각했는지 읽어 보고 빈 칸에 알맞은 내용을 써 보세요.

제비님은
하늘에 산다. →

공 아가씨는
하늘에서
사라졌다.

공 아가씨는
제비님 둥지로
갔다.

공 아가씨는 그렇게 떠났지만 나는 계속 공 아가씨를 생각했지. 생각하면 할수록 공 아가씨가 더 생각났어.

그래서 난 춤을 추면서 팽팽 돌았단다. 금색 옷이 떨어져 나가고 몸이 닳을 정도로.

주인 꼬마가 다시 금색을 칠해 주었지만 나는 아무 상관없었어. 공 아가씨를 생각하며 윙윙 소리가 날 때까지 돌고 돌았어. 그래도 공 아가씨를 생각하는 마음은 변하지 않았지.

공 아가씨는 내 마음속에서 더 사랑스러워져 갔어. 마치 내 몸 가운데 깊게 박힌 쇠못처럼 공 아가씨에 대한 마음은 단단해지는 것 같았지.

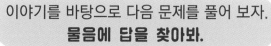

이야기를 바탕으로 다음 문제를 풀어 보자.
물음에 답을 찾아봐.

1 팽이가 춤출 때, 음악을 틀어 주려고 해요. 어울리는 음악에 동그라미 치거나 직접 쓴 다음, 음악을 부르거나 연주해 보세요.

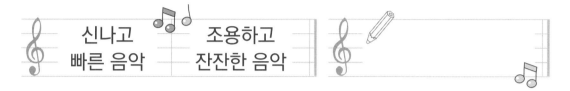

신나고
빠른 음악

조용하고
잔잔한 음악

2 계속 공 아가씨를 생각하는 팽이를 어떻게 평가하면 좋을지 동그라미 치고, 이유를 써 보세요.

팽이는
바보 같아.

왜냐하면…

팽이는
한결같아.

왜냐하면…

3 쇠못과 공 아가씨에 대한 팽이의 마음과 비슷한 점을 모두 찾아 동그라미 쳐 보세요.

팽이의 속에 있다.

변하지 않는다.

단단하다.

날카롭다.

하지만 나는 낡고 지쳐 갔어. 결국 쓰레기통에 던져졌지. 그런데 이상하게도 이곳이 나한테 어울린다는 생각이 들어서 마음이 편했어.

쓰레기통에 썩은 사과 같은 게 있었어. 하지만 자세히 보니 그건 사과가 아니었어. 몇 년이나 **하수구**에 빠져 있던 오래된 공이었지.

'으악!'

하마터면 소리를 지를 뻔했어.

그건 바로 공 아가씨였어!

공 아가씨가 먼저 말을 걸더군.

"넌 나랑 어울릴 만한 짝꿍인 거 같아. 난 귀한 가죽 집안에서 만들어진 장난감이고, 내 속에는 좋은 코르크가 있다고!"

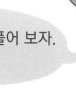

이야기를 바탕으로 다음 문제를 풀어 보자.
물음에 답을 찾아봐.

 추론

1 팽이가 쓰레기통이 자신한테 어울리는 곳이라고 생각하는 이유를 잘 설명한 문장에 팽이 스티커를 붙여 주세요.

버림받은 것들이 모이는 곳이니까 나한테 잘 어울려.	낡고 지친 나에게는 쓰레기통이 마음 편해.	더 이상 돌지 않아도 되니까 마음 편해.

 사실

2 다시 만난 공 아가씨는 어디를 거쳐서 쓰레기통까지 오게 되었는지 써 보세요.

 장난감 상자 → _____ → 쓰레기통

 논리

3 공 아가씨가 쓰레기통에서 만난 팽이를 알아보지 못한 이유가 맞으면 O, 틀리면 X 하세요.

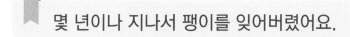

▌ 몇 년이나 지나서 팽이를 잊어버렸어요.

▌ 부끄러우니까 팽이를 모른 척하는 거예요.

▌ 팽이의 금색 옷이 벗겨져서 못 알아봤어요.

나는 뭐라고 말해야 할지 몰라서 공 아가씨를 **물끄러미** 바라보기만 했어. 공 아가씨는 **투덜거리며** 계속 말을 이었어.

"흥, 제비님과 결혼할 참이었는데 하수구에 빠지는 바람에 이 꼴이 되었다고."

그때 옆집 꼬마가 지나가다가 나를 발견했어. 꼬마는 나를 집어내어 얼른 호주머니에 넣더라고. 나는 그렇게 꼬마 집으로 가게 되었지.

공 아가씨는 안타깝고 아쉬운 눈빛으로 나를 바라봤어. 하지만 나는 그냥 예전의 공 아가씨만 자꾸 떠오를 뿐이었지.

마치 내 마음속에 있는 공 아가씨와 저 쓰레기통에 있는 공 아가씨가 다른 이 같았지. 기분이 이상해. 내가 왜 그런 걸까?

내가 사랑하는 공 아가씨는 어디로 갔을까?

팽이 마음

그림을 보면서 팽이의 마음이 어떻게 변해 갔는지 생각해 보고
빈칸에 알맞은 낱말을 써 봐.

보자마자 첫눈에 반해

　　　　　을 했어.

공 아가씨는 틀림없이

　　　　　님 둥지로 갔을 거야.

세상에, 하마터면

　　　　　를 지를 뻔했어.

공 아가씨가 다른 이 같아서

　　　　　이 이상해.

공 아가씨 마음

그림을 보면서 공 아가씨의 마음이 어떻게 변해 갔는지 생각해 보고
빈칸에 알맞은 낱말을 써 봐.

나랑 어울리지 않아서
⬜⬜ 를 놓았어.

제비님한테 간 게 아니라
⬜⬜⬜ 에 빠졌던 거야.

드디어 나랑 어울릴 만한
⬜⬜ 이 왔구나.

떠나는 팽이가 안타깝고
⬜⬜⬜ .

왜 첫눈에

팽이가 공 아가씨에게 첫눈에 반한 이유는 무엇일까?
팽이와 공의 닮은 점에 하트 스티커를 붙여 봐.

닮았어!

장난감

가죽

나무

둥글둥글

장난감 상자

춤

빙글빙글

꼬마

마음의 소리

이야기에 나오는 이들이 내는 소리들이야.
소리가 나타내는 마음이 무엇인지 짐작해서 써 봐.

🔻 **윙윙** :

🔻 **으악** :

⚪ **핑핑** :

➤ **지지배배** :

짚어보기3

뒷이야기

옆집 꼬마가 공도 쓰레기통에서 꺼내서 깨끗하게 씻은 후, 팽이와 같이 둔다면 어떤 일이 벌어질까? **뒷이야기를 만화로 그려 봐!**

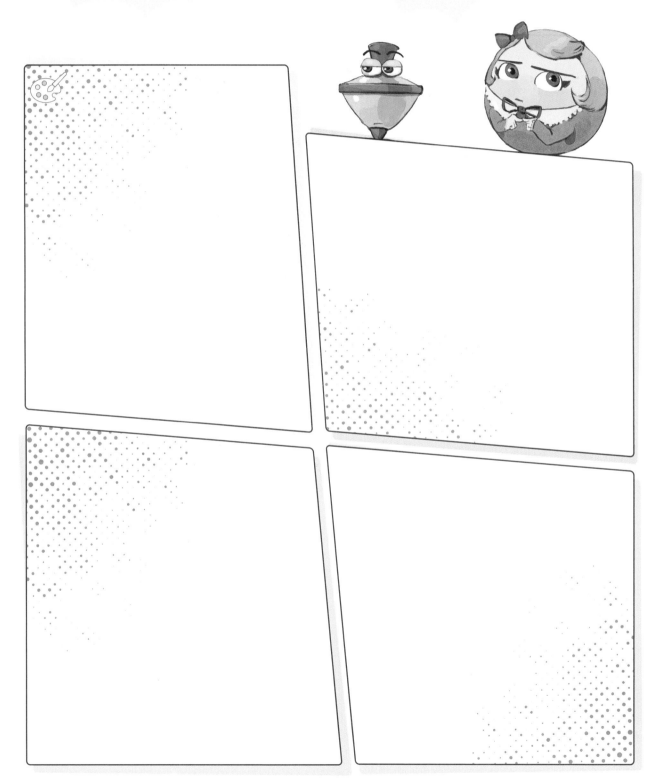

짚어보기4

삼각관계

누가 누구와 짝이 되면 좋을지 어울리는 짝을 이어 주고
까닭을 말해 봐.

가장 잘 어울릴 것 같은 짝에는 스티커,

그런대로 어울릴 것 같은 짝에는 스티커,

어울리지 않을 것 같은 짝에는 💔 스티커를 붙여 봐.

개인기 돌고 또 돈다.
강점 쇠못.
특징 어지럽다.

개인기 통통 튄다.
강점 코르크.
특징 쪼그라든다.

개인기 노래를 잘 부른다.
강점 날개.
특징 날아가 버린다.

짚어보기5

제비의 편지

팽이와 공에게 있었던 일을 쭉 지켜보았던 제비가 속담 편지를 썼대.
누구에게 보내면 좋을지 생각해서 받는 이가 그려진 우표를 붙여 봐.

떡 줄 사람은 꿈도 안 꾸는데

김칫국부터 마신다.

> 해 줄 사람은 생각지도 않는데 미리부터 다 된 일로 알고 행동한다는 뜻이야.

마음에 없으면

보이지도 않는다.

> 생각이나 뜻이 없으면 이루어지는 것이 없다는 뜻이야.

가는 토끼 잡으려다

잡은 토끼 놓친다.

> 너무 욕심을 부리면 도리어 이미 이룬 일까지 실패로 돌아간다는 뜻이야.

마음처럼

간사한 건 없다.

> 마음이란 이익과 손해에 따라서 간사스럽게 변한다는 뜻이야.

110

09:30

80%

가리사니 보고서

팽이는 공 아가씨를 사랑하는 마음을 알 수 없어서 이상하다는데 너는 어떻게 생각해? **가라사대왕에게 네 생각을 알려 봐.**

작성자 _____

작성한 날짜 _____년 _____월 _____일

보고 내용　저는 '이야기나라'의 가리사니 _____입니다.

저는 공 아가씨에 대한 팽이의 마음이 (변했다고 , 변하지 않았다고)

생각합니다. 팽이가 사랑한 공 아가씨의 모습은 _____

_____

_____

위 내용은 모두
열심히 탐구한
제 생각입니다.

서명_____

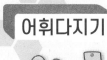

지지배배 뒤풀이

제비가 낱말 퀴즈 뒤풀이를 열었어. 낱말 퀴즈를 풀어서
가리사니 힘을 다져 보자고. **요지카를 보면서 문제를 풀어 봐.**

1 뜻이 비슷한 두 낱말이 섞인 글자에서 각각의 낱말을 갈라내어 써 보세요.

딱퇴지짜

보금둥자리지

2 새끼 제비들의 엉뚱한 낱말 풀이와 낱말 퀴즈를 보고 빈칸에 들어갈 글자를
써 보세요.

크게 마음에 들지 않는다는 게
'시◯둥하다'잖아?
그러니까 아주 마음에 드는 건
'시작은둥하다'지!

가만히 한곳만 바라보는 걸
'◯끄러미'라고 하잖아?
그러니까 여기저기 쳐다보는 건
'불끄러미'지!

샤작은둥하다

불끄러미

| 시 | | 둥 | 하 | 다 |

| | 끄 | 러 | 미 |

3 새끼 제비들이 지지배배 노래를 부르고 있어요. 빈칸에 들어갈 알맞은 낱말을 요지카에서 찾아 써 보세요.

낮은 목소리로 혼잣말하는 사람들이 모인 거리는 **중얼거리다.**

불빛 같은 것이 번갈아 빛나거나 사라지는 거리는 **반짝거리다.**

못마땅해서 말하는 사람들이 모인 거리는 ☐☐**거리다.**

앞의 말의 이유를 대면서 먹는 라면은 **왜냐하면!**

이미 먹기로 정해진 라면은 **이왕이면!**

조금이라도 잘못했으면 어쩌나 싶을 때 먹는 라면은 ☐☐☐**면!**

4 그림에 나온 말풍선 안에서 빈칸에 들어갈 글자를 찾아 써 보세요.

☐☐ 해 주세요.

☐☐☐ 를 살펴봐야지.

이상하다…
왜 아이들이
이야기나라에
안 오지….

요즘 아이들이
얼마나
바쁜데요….

학원 가야지.

숙제해야지.

시간이 나도
누가 이야기
책을 읽어요?

게임이나
스마트폰 하기도
바쁜데….

틱 틱

LEVEL UP +1
LEVEL UP +1
LEVEL +1
LEVEL UP +1

뭔가
좋은 방법이
없을까…?

엥? 밖에
무슨 일이지?

웅성
웅성

시끌
시끌

가라사대왕님,
저 좀 도와주세요!

스−윽

큰일 났어요! 저를 놓고
과일나라와 채소나라가
싸움이 벌어졌어요!

털 썩

토마토는
과일이야!

흥! 웃기셔!
토마토는
채소라고!

웅성
웅성
웅성 웅성

MEMO

진짜진짜
독서논술

2권

가이드북

가이드북 활용법

　'진짜진짜 독서논술'의 모든 활동은 논리적인 사고력을 바탕으로 창의적 문제해결력을 기르는 데 목적이 있습니다. 그렇기에 답이 하나로 정해진 경우보다 다양하게 해석 가능한 경우가 많습니다. 중요한 것은 자신의 생각에 논리적 설득력을 갖추는 것입니다. 모두 답이 될 수 있다는 열린 마음으로 활동을 바라봐 주시고, 아이들의 생각을 들어주세요.

　정확하게 답으로 나와야 하는 질문에는 **답**으로 표시했고, 다양한 반응이 나올 수 있는 질문에는 **예**로 표시했습니다. 답이 다양하게 나올 수 있는 질문들은 예로 제시한 내용을 바탕으로 아이들의 생각이 체계적으로 흘러가는지 주의 깊게 바라봐 주시면 됩니다.

　답이나 **예**외에 ➕ 표시로 들어간 내용들은 더 생각해 봐야 할 이유나 근거를 아이들이 어떻게 제시할 수 있는지 예상한 것입니다. 이 내용을 바탕으로 더 깊이 있는 생각을 이끌어 낼 수 있도록 지도해 보세요.

　문제와 활동 옆에는 **해설**을 달아서 출제 의도와 문제 유형을 해석해 놓았고, 더불어 지도 방법을 적어 놓았습니다. 가정에서 아이들을 지도하는 데 참고해 주세요.

　'진짜진짜 독서논술'로 '토닥토닥 마음껏 토론'하며 성장해 나갈 아이들의 모습을 기대해 봅니다.

1장 고양이 다리

이번 장에서는 다음과 같이 교과 연계 활동이 이루어집니다. 다양한 활동을 통해 교과 학습에 도움을 받을 수 있습니다.

관련교과

💧 **[국어 2학년 1학기] 낱말을 바르고 정확하게 써요**
▶낱말의 뜻을 분명히 알아 정확하고 바른 받침을 써 봅니다.

💧 **[사회 4학년 2학기] 경제 활동과 현명한 선택**
▶생산 활동에서 고려해야 할 요소들을 고민해 보고, 효율적인 경제 활동의 중요성을 알아봅니다.

💧 **[국어 2학년 1학기] 마음을 나누어요**
▶상황에 따른 등장인물의 마음을 짐작해 보고, 문장으로 써 봅니다.

준비하기   20p

들어보기1~5   22~31p

해설

20p

핵심어 '책임'과 관련된 그림을 보고, 주제를 미리 짐작해 보는 활동입니다. 모두 답이 될 수 있으므로 책임을 지는 위치와 역할을 고민해 보면 됩니다.

22~31p

소리 내어 정독할 수 있도록 지도해 주시고, 부모님이 함께 읽어 주셔도 좋습니다. 활동지에 있는 요지카를 미리 잘라서 준비해 놓고, 이야기를 읽으면서 요지카로 어려운 낱말을 함께 익힐 수 있도록 지도해 주세요.

따져보기1

 1 네 사람은 무슨 일을 하기로 했는지 알맞은 답을 찾아 동그라미 쳐 보세요.

답 ☁ 목화 농사를 짓기로 했어요.

☁ 목화 장사를 하기로 했어요. ◯

☁ 창고지기를 하기로 했어요.

 2 네 사람이 똑같이 금 한 덩이씩 낸 행동을 설명한 문장에서 자신의 생각에 동그라미 쳐 보세요.

예 🪨 같이 장사하는 네 사람이 똑같이 내었으니 (잘한 , 잘못한)행동이다.

➕ 왜냐하면 똑같으면 공평하기 때문이에요.

 3 네 사람이 목화 장사에 쓸 간판을 만들어 주세요. 글과 그림으로 표현해 보세요.

글과 그림으로 마음껏
표현해 보세요.

따져보기2

 1 쥐가 창고에 오줌을 싸면 어떤 문제가 생길지 알맞은 내용에 모두 동그라미 쳐 보세요.

예 ☁ 목화가 누렇게 변해요.

☁ 목화가 팔리지 않아요. ◯

☁ 창고가 지저분해져요.

 ➕ 왜냐하면 목화가 누렇게 변하면 아무도 사지 않기 때문이에요.

 2 고양이 다리에 각각 맡은 사람의 이름을 써 보세요.

답 갑이　을이

정이　병이

 3 네 사람이 고양이 다리를 하나씩 맡아서 돌보는 건 좋은 생각인지 판단해 보고 O, X 중 하나에 동그라미 쳐 보세요.

예 　사람도 넷이고, 고양이 다리도 넷이니까 다리를 하나씩 맡아 보살피자.

좋은 생각이다.　　　　　　　　　　　　좋은 생각이 아니다.

➕ 좋은 생각이 아니에요. 왜냐하면 고양이가 다리만 있는 건 아니기 때문이에요.

해설

23p

1. 이야기를 잘 이해하며 읽는지 알아보는 사실적 질문입니다. 문장을 읽고 해석해서 알맞은 답을 찾을 수 있으면 좋습니다.

2. 등장인물의 행동을 비판적으로 따져보는 질문입니다. 왜 그렇게 생각하는지 이유를 물어봐 주시고, 자신의 생각을 근거를 들어 말할 수 있도록 지도해 주세요.

3. 창의적 표현 능력을 기르는 활동으로, 주변에서 본 간판에 어떤 내용과 그림이 들어가는지 생각해 보고 표현해 보면 좋습니다.

25p

1. 문맥을 통해 더 많은 정보를 추론해 보는 활동입니다. 문장에 '누렇게 변한다'는 내용이 나오기 때문에 답으로 생각할 수 있지만, 더 생각해 보면 세 내용 모두 답이 될 수 있습니다. 무엇을 답으로 선택하든 생각의 근거를 제시할 수 있으면 좋습니다.

2. 글을 해석해서 알맞은 정보를 정리하는 사실적 질문입니다.

3. 등장인물이 잘했는지, 잘못했는지 비판적으로 생각해 보는 문제입니다. 정해진 답은 없고, 자신의 생각을 뒷받침하는 이유를 말할 수 있으면 좋습니다.

따져보기3 27p

 1 다리를 치료해 준 정이에게 고양이가 뭐라고 했을까요? 고양이가 되어 정이에게 하고 싶은 말을 써 보세요.

예 📝
정이야 다리가 많이 아팠는데, 치료해 줘서 고마워. 넌 정말 좋은 집사야.

 2 문장에 이어질 알맞은 내용을 보기에서 찾아 써 보세요.

답 ⊗ 목화에 불이 붙어 그만 홀라당 __목화가 타 버렸어요__

보기
· 목화가 타 버렸어요. · 냄비가 타 버렸어요. · 날아가 버렸어요.

 3 목화에 불이 붙은 이유로 알맞은 것을 모두 선택해서 동그라미 치고, 선택한 이유를 말해 보세요.

예
 하필 다리를 다쳤어.
하필 아궁이 근처를 지나갔어.
 하필 헝겊이 풀어졌어.
 하필 창고로 뛰어들었어.

➕ 고양이가 다리를 다쳤기 때문에 다리에 헝겊을 감았고, 결국 그 헝겊에 불이 붙어서 목화가 타 버렸잖아요.

따져보기4 29p

 1 갑이, 을이, 병이 세 사람은 왜 정이에게 목화값을 물어내라고 했는지 이야기에서 알맞은 이유를 찾아 밑줄을 그어 보세요.

정이 네가 물어내!

답 <u>고양이의 다친 다리는 정이가 보살피기로 했으니까요.</u>
<u>불붙은 헝겊도 정이가 싸매 주었으니까요.</u>

 2 다투던 네 사람이 할머니를 찾아간 이유를 모두 찾아 할머니 스티커를 붙여 주세요.

답 🐾 할머니가 마을에서 제일 큰 어른이에요.

🐾 할머니가 마을에서 키가 제일 커요.

🐾 할머니는 마을에서 일어난 문제를 해결해 줘요.

➕ 제일 큰 어른은 경험이 많고 지혜로우니까 문제를 해결해 달라고 찾아갔을 거 같아요.

 3 친구들과 옥신각신 다툰 경험을 떠올려 보고 그때의 기분을 색으로 칠해 보세요.

예
친구랑 다퉜을 때 기분을 색으로 표현한다면…

➕ 기분이 아주 나쁘고 깜깜한 느낌이어서 검은색으로 칠했어요.

해설

27p

1. 등장인물이 되어 하고 싶은 말을 상상해 보는 활동은 책 내용을 심도 있게 이해하면서, 언어 표현 능력을 기를 수 있습니다. 맥락에 어울리는 내용을 쓸 수 있으면 좋습니다.

2. 문맥적 의미를 추론해서 줄임 문장을 완성하는 문제입니다. 적절한 내용을 추론해서 보기에서 답을 찾아 쓸 수 있도록 지도해 주세요.

3. 사건의 원인을 다각적으로 분석해서 이유를 찾는 논리적 활동입니다. 모든 내용이 답이 될 수 있기 때문에 이유를 꼭 말로 설명해서 판단의 근거를 제시할 수 있도록 지도해 주세요.

29p

1. 문맥을 파악해서 이유를 찾는 논리적 해결력을 기르는 문제입니다. 두 문장 모두 답이 될 수 있습니다.

2. '제일 큰 어른'의 문맥적 의미를 추론하는 문제입니다. 두 가지 이유 모두 답이 될 수 있지만, 하나만 답으로 선택해도 인정해 주세요.

3. 다투는 상황을 이해하기 위해 심정을 추론해서 색깔로 표현하는 창의적 표현 활동입니다. 정해진 답은 없지만, 자신이 표현한 색깔이 어떤 감정을 나타내는지를 말로 표현할 수 있도록 지도해 주세요.

32p

이야기를 사건의 순서대로 잘 기억하고 있는지 확인하는 활동입니다. 이야기 전개 구조를 파악해서 독해력을 기를 수 있습니다. 그림을 보고 어떤 내용인지 말로 설명할 수 있으면 좋습니다.

33p

상황에 따라 고양이의 마음을 추리해 보는 활동으로, 고양이의 마음이 달라지는 이유가 무엇인지 생각해 볼 수 있습니다. 정해진 답은 없고 그렇게 생각하는 이유를 물어봐 주세요.

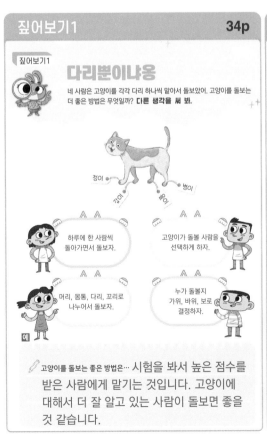

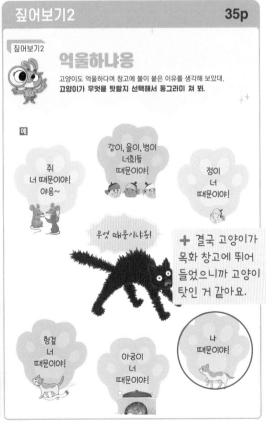

34p

고양이를 돌보는 합리적인 방법을 추론하면서 문제를 창의적으로 해결해 보는 활동입니다. 자신의 생각이 왜 좋은 방법인지 설득할 수 있는 근거까지 말할 수 있게 지도해 주세요.

35p

불이 난 사건은 우연한 계기였지만, 이유가 무엇인지 생각해 보면서 논리적 설득력을 기르는 활동입니다. 설득력 있는 근거를 제시할 수 있으면 모두 답이 될 수 있습니다.

짚어보기3　36p

짚어보기3

망하고 흥하고

네 사람이 함께 장사를 해서 망하면 손해를 누가 책임져야 할까, 또 장사가 잘되면 이익을 어떻게 나누어야 할까? **공평한 방법을** 생각해 봐.

예

장사 **망**했냐옹

금 네 덩이를 모두 까먹었어. 누가 얼마만큼 물어내야 할지 금덩이 스티커를 붙여 줘.

장사 **흥**했냐옹

금이 여덟 덩이로 불어났어. 누가 얼마만큼 가져야 할지 금덩이 스티커를 붙여 줘.

갑이　을이
병이　정이

갑이　을이
병이　정이

＋ 네 명이서 같이 까먹었으니까 각각 하나씩 물어내야 공평해요.

＋ 같이 장사를 해서 금이 불어났으니까 공평하게 각자 두 개씩 가져야 해요.

짚어보기4　37p

짚어보기4

할머니 속마음

네 사람의 이야기를 듣는 할머니의 속마음은 어땠을까? **속마음과** 어울리는 표정에 동그라미 치고 어떤 마음인지 말해 봐.

예

우리 네 사람은 공평하게 금 한 덩이씩 냈어요.

＋ 공평하게 행동했으니까 잘했다고 마음속으로 생각할 거 같아요.

의논해서 고양이 한 마리를 사 왔어요.

＋ 좋은 꾀를 내어 기특하다고 생각할 거 같아요.

공평하게 고양이 다리를 하나씩 맡아서 돌보았어요.

＋ 좀 이상한 방법으로 고양이를 돌보는 거 같아서 이상하게 생각할 거 같아요.

정이가 돌본 다리에 불이 붙었으니까 정이가 책임져야죠.

＋ 갑이, 을이, 병이가 책임을 지지 않으려고 해서 할머니가 화가 났을 거 같아요.

짚어보기5　38p

짚어보기5

책임은 어떻게

할머니의 말씀이 옳은지 그른지 판단해 보고, 그르다면 **누가 책임을 져야 할지** 생각해 봐.

예

할머니의 말씀은 말이 돼, 안 돼? 말이 된다면 ○에 안 된다면 X에 색칠해.

할머니가 X라면 누가 책임을 져야 할까? 아래에서 골라 동그라미 쳐 봐.

＋ 넷이서 같이 고양이를 맡았으니, 네 사람 모두에게 책임이 있어요.

보고하기　39p

09:30　80%

가리사니 보고서

할머니는 갑이, 을이, 병이가 목화값을 물어내야 한다는데 너는 어떻게 생각해? **가라사대왕에게 네 생각을 알려 봐.**

예

작성자　　똘똘이

작성한 날짜　　년　월　일

보고 내용

저는 '이야기나라'의 가리사니　똘똘이　입니다.

목화값은　네 사람　(이)가 물어내야 합니다.

왜냐하면　넷이서 목화 장사를 하기로 했으니,

책임도 네 사람이 져야 하기　때문입니다.

책임지는 행동은 중요합니다.　아무도 책임지지

않으려고 하면 일을 해결할 수 없습니다.

위 내용은 모두 열심히 탐구한 제 생각입니다.

서명　내가 제일 똘똘해!

해설

36p

주제와 관련된 '책임감'에 대해 생각해 보는 활동입니다. 책임지는 행동에서 가장 중요한 게 무엇인지 고민해 보면서 활동할 수 있도록 지도해 주세요.

37p

등장인물의 행동을 비판적으로 따져 보는 활동입니다. 모두 답이 될 수 있으므로 자신이 선택한 표정이 어떤 의미인지 말로 설명할 수 있도록 지도해 주세요.

38p

할머니의 판단을 비판적으로 따져 본 후, 자신의 의견을 제시하는 활동입니다. 책임질 때 중요한 부분이 무엇인지 생각해 볼 수 있습니다.

39p

이야기의 주제에 대한 자신의 생각을 글로 정리하는 활동입니다. 완성된 문장으로 쓸 수 있도록 지도해 주세요.

해설

40~41p

요지카에서 다룬 어휘를 다시 한번 문제로 풀어보면서 어휘력을 기를 수 있습니다. 요지카를 보면서 문제를 풀 수 있도록 지도해 주세요.

어휘다지기   40p

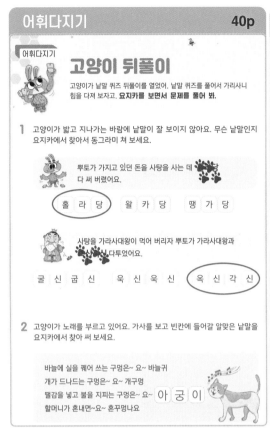

고양이 뒤풀이

고양이가 낱말 퀴즈 뒤풀이를 열었어. 낱말 퀴즈를 풀어서 가리사니 힘을 다져 보자고. **요지카를 보면서 문제를 풀어 봐.**

1 고양이가 밟고 지나가는 바람에 낱말이 잘 보이지 않아요. 무슨 낱말인지 요지카에서 찾아서 동그라미 쳐 보세요.

뿌토가 가지고 있던 돈을 사탕을 사는 데 다 써 버렸어요.

(홀 라 당)   왈 카 당   땡 가 당

사탕을 가라사대왕이 먹어 버리자 뿌토가 가라사대왕과 다투었어요.

굴 신 굽 신   욱 신 욱 신   (옥 신 각 신)

2 고양이가 노래를 부르고 있어요. 가사를 보고 빈칸에 들어갈 알맞은 낱말을 요지카에서 찾아 써 보세요.

바늘에 실을 꿰어 쓰는 구멍은~ 요~ 바늘귀
개가 드나드는 구멍은~ 요~ 개구멍
땔감을 넣고 불을 지피는 구멍은~ 요~ 아 궁 이
할머니가 혼내면~요~ 혼꾸멍나요

어휘다지기   41p

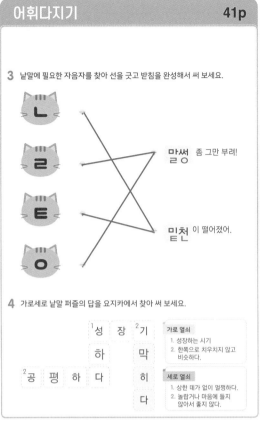

3 낱말에 필요한 자음자를 찾아 선을 긋고 받침을 완성해서 써 보세요.

ㄴ
ㄹ
ㅌ
ㅇ

말썽 좀 그만 부려!

밑천 이 떨어졌어.

4 가로세로 낱말 퍼즐의 답을 요지카에서 찾아 써 보세요.

	¹성	장	²기
	하		막
²공	평	하	다
			히
			다

가로 열쇠
1. 성장하는 시기
2. 한쪽으로 치우치지 않고 비슷하다.

세로 열쇠
1. 상한 데가 없이 멀쩡하다.
2. 놀랍거나 마음에 들지 않아서 좋지 않다.

2장 박쥐의 싸움

 이번 장에서는 다음과 같이 교과 연계 활동이 이루어집니다.
다양한 활동을 통해 교과 학습에 도움을 받을 수 있습니다.

관련교과

🌰 **[과학 3학년 1학기]** 동물의 한살이
▶ 새끼를 낳는 동물과 알을 낳는 동물의 차이를 이해하고 구분 지어 봅니다.

💧 **[국어 2학년 1학기]** 차례대로 말해요
▶ 일이 일어난 차례를 생각하여 말하고 정리해서 문장으로 표현해 봅니다.

🌰 **[국어 3학년 1학기]** 의견이 있어요
▶ 문제 상황이 무엇인지 파악해서 의견을 낼 수 있고, 의견에 대한 까닭도 글로 써 봅니다.

준비하기 44p

준비하기

박쥐 X 파일

박쥐의 일을 해결하려면 박쥐에 대해 좀 알고 있어야겠지?
박쥐의 엑스 파일을 보고 알맞은 곳에 동그라미 쳐 봐.

눈 밝은 쥐라는 뜻으로
'밝쥐'라고 했대요.

동굴, 나무속 따위에 살며,
두더지 종류에서 갈라져
나왔다고 해요.

예
　　　알고　알게　더 알고
　　　있어요　됐어요　싶어요

박쥐는 알을 낳는 새가 아닌 젖먹이 동물이다. ❗ ○○○ ❓

젖먹이 동물 중에서 새처럼 날 수 있는 것은
박쥐 하나뿐이다. ❗ ○○○ ❓

박쥐는 눈이 나쁜 대신에 귀가 아주 밝다. ❗ ○○○ ❓

치타보다 빠르게 나는 박쥐도 있다. ❗ ○○○ ❓

밤에 돌아다니며 해충을 잡아먹고
낮에는 거꾸로 매달려 지낸다. ❗ ○○○ ❓

들어보기1~5 46~55p

박쥐 이야기

이야기를 읽으면서, 중요한 낱말은 요지카로 익혀 보자.
낱말에 요지카 번호를 써 봐. 활동지 19쪽

치고받다 - **4** 　　잠자코 - **3**

잽싸다 - **1** 　　불리하다 - **2**

그제야 - **7** 　　따돌리다 - **8**

나다니다 - **6** 　　벌거숭이 - **5**

해설

44p

박쥐에 대한 기본 정보를 익히면서 이야기의 주인공인 박쥐의 행동을 이해하는 기반을 마련해 봅니다. 더 알고 싶은 내용을 구체적으로 물어봐 주세요.

46~55p

소리 내어 정독할 수 있도록 지도해 주시고, 부모님이 함께 읽어 주셔도 좋습니다. 활동지에 있는 요지카를 미리 잘라서 준비해 놓고, 이야기를 읽으면서 요지카로 어려운 낱말을 함께 익힐 수 있도록 지도해 주세요.

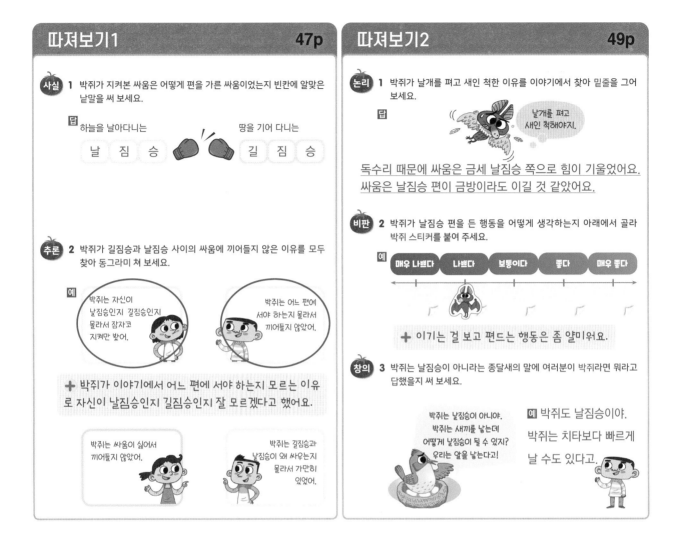

따져보기1 47p

사실 **1** 박쥐가 지켜본 싸움은 어떻게 편을 가른 싸움이었는지 빈칸에 알맞은 낱말을 써 보세요.

답 하늘을 날아다니는　　　　　　땅을 기어 다니는

날 짐 승　　　　길 짐 승

추론 **2** 박쥐가 길짐승과 날짐승 사이의 싸움에 끼어들지 않은 이유를 모두 찾아 동그라미 쳐 보세요.

예
박쥐는 자신이 날짐승인지 길짐승인지 몰라서 잠자코 지켜만 봤어.

박쥐는 어느 편에 서야 하는지 몰라서 끼어들지 않았어.

➕ 박쥐가 이야기에서 어느 편에 서야 하는지 모르는 이유로 자신이 날짐승인지 길짐승인지 잘 모르겠다고 했어요.

박쥐는 싸움이 싫어서 끼어들지 않았어.

박쥐는 길짐승과 날짐승이 왜 싸우는지 몰라서 가만히 있었어.

따져보기2 49p

논리 **1** 박쥐가 날개를 펴고 새인 척한 이유를 이야기에서 찾아 밑줄을 그어 보세요.

답 날개를 펴고 새인 척해야지.

독수리 때문에 싸움은 금세 날짐승 쪽으로 힘이 기울었어요. 싸움은 날짐승 편이 금방이라도 이길 것 같았어요.

비판 **2** 박쥐가 날짐승 편을 든 행동을 어떻게 생각하는지 아래에서 골라 박쥐 스티커를 붙여 주세요.

예 | 매우 나쁘다 | 나쁘다 | 보통이다 | 좋다 | 매우 좋다 |

➕ 이기는 걸 보고 편드는 행동은 좀 얄미워요.

창의 **3** 박쥐는 날짐승이 아니라는 종달새의 말에 여러분이 박쥐라면 뭐라고 답했을지 써 보세요.

박쥐는 날짐승이 아니야. 박쥐는 새끼를 낳는데 어떻게 날짐승이 될 수 있지? 우리는 알을 낳는다고!

예 박쥐도 날짐승이야. 박쥐는 치타보다 빠르게 날 수도 있다고.

해설

47p

1. 날짐승과 길짐승의 의미를 이해하고 있는지 확인하는 사실적 질문입니다. 잘 쓰지 않는 낱말을 다시 한번 문제로 풀어보면서 어휘력을 기를 수 있습니다.

2. 박쥐가 한 행동을 보고 왜 그렇게 행동했는지 따져 보고, 이유를 추론하는 활동입니다. 제시된 이유가 모두 답이 될 수 있으니 답이라고 생각한 근거를 말할 수 있도록 지도해 주세요.

49p

1. 박쥐가 왜 그렇게 행동했는지 근거를 찾는 논리적 질문입니다. 두 문장 모두 답이 될 수 있으므로, 한 문장만 밑줄을 그으면 더 생각해 볼 수 있도록 지도해 주세요.

2. 박쥐의 행동을 비판적으로 따져 보는 질문입니다. 모두 답이 될 수 있으므로 자신이 판단한 생각의 근거를 말할 수 있으면 좋습니다.

3. 준비하기에서 알게 되었던 내용을 바탕으로 창의적으로 내용을 확장시켜 쓰는 활동입니다. 논리적인 이유를 들어 표현할 수 있게 지도해 주세요.

따져보기3　51p

논리 1 싸움에서 이기던 날짐승 쪽이 불리해진 이유를 잘 설명한 문장에 동그라미 쳐 보세요.

> **답**
>
> 박쥐가 날짐승 편에 붙어서 싸웠어요.
>
> 사자와 호랑이가 길짐승 편에 붙어서 싸웠어요. ◯
>
> 날짐승이 힘이 빠졌어요.

비판 2 날짐승 편에 섰던 박쥐가 길짐승 편을 든 행동을 어떻게 생각하는지 아래에서 골라 박쥐 스티커를 붙여 주세요.

> **예**
>
> 매우 나쁘다　나쁘다　보통이다　좋다　매우 좋다
>
> ✚ 이기는 걸 보고 편을 바꾸는 행동은 좀 얄미워요.

창의 3 친구와 싸운 경험을 이야기해 보고, 그때의 기분을 꼬불꼬불 선으로 표현해 보세요.

> **예**
>
> 싸울 때 내 기분은 아마 이랬을 거야.
>
> 친구와 싸울 때 내 기분은…
>
> ✚ 친구와 싸울 때 내 기분은 이 선처럼 배배 꼬여 있는 거 같았어요.

따져보기4　53p

사실 1 싸움이 끝나자 길짐승과 날짐승 사이는 어떻게 되었는지 문장에 알맞은 낱말을 써 보세요.

> **답**
>
> 어느 쪽도 이기지 못했어요.　모두 지쳤어요.　싸움을 멈췄어요.
>
> 다시 사 이 좋 게 지내기로 했어요.

추론 2 길짐승과 날짐승이 박쥐를 미워한 이유를 적은 글에서 박쥐의 행동을 나타낸 속담을 따라 써 보세요.

> 길짐승과 날짐승은 박쥐가 간에 붙었다 쓸개에 붙었다 해서 너무 얄미웠대요.
> 박쥐처럼 자기 이익만 생각해서 행동하면 미워요.
>
> 자기 이익만 생각해서 이쪽에 붙었다 저쪽에 붙었다 한다는 뜻이에요.
>
> ✏ 속담: **답** 간에 붙었다 쓸개에 붙었다

해설

51p

1. 맥락적으로 이해한 내용을 정확한 이유를 들어 설명할 수 있는지 물어보는 논리적 질문입니다. 나머지 두 내용은 왜 답이 될 수 없는지 생각해 볼 수 있도록 질문해 주세요.

2. 박쥐의 행동을 비판적으로 따져 보는 질문입니다. 모두 답이 될 수 있으므로 자신이 판단한 생각의 근거를 말할 수 있으면 좋습니다.

3. 기분을 선으로 표현해 보는 창의적 활동입니다. 어떤 기분을 표현했는지 물어봐 주세요.

53p

1. 핵심어를 이용해서 내용을 정리할 수 있는지 확인하는 사실적 질문입니다. 더불어 원인과 결과를 문장으로 풀어놓아 논리적인 사고력을 훈련하는 데 도움이 됩니다.

2. 박쥐의 행동을 속담으로 표현한 글을 보고, 속담의 뜻을 생각해 볼 수 있습니다. 속담을 따라 쓰면서 익힐 수 있도록 지도해 주세요.

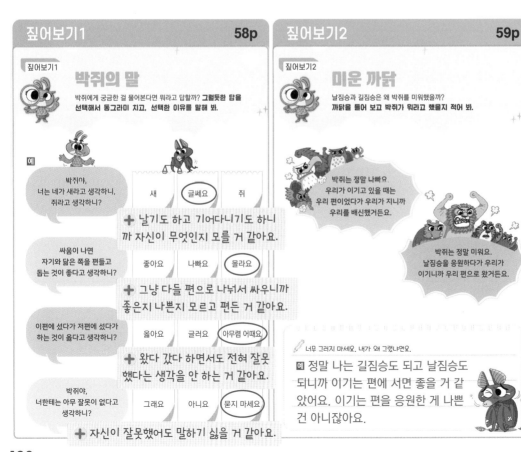

56p

사건을 인물, 원인, 결과 등으로 정리해 보는 활동입니다. 그림을 보고 내용을 추론해 보는 활동까지 확장시켜 사고력을 높일 수 있습니다.

57p

사건을 일어난 순서대로 간추리면서 내용을 기억하고 생각해 볼 수 있습니다. 그림을 보고 어떤 사건인지 이야기해 볼 수 있도록 지도해 주세요.

58p

주제와 관련된 질문에 박쥐 입장이 되어서 답해 봄으로써 판단력을 기르는 활동입니다. 정해진 답은 없고, 생각의 이유를 말할 수 있으면 좋습니다.

59p

주인공의 입장이 되어서 조리 있게 설득하는 글을 쓰는 활동입니다. 논리적인 이유를 제시할 수 있으면 좋습니다.

짚어보기3　60p

짚어보기3

날짐승 길짐승
박쥐가 편든 쪽이 이겼다면 박쥐는 어떤 모습으로 살아갈까?
박쥐의 모습을 상상해서 그리고 설명을 써 봐.

예

| 날짐승이 이겼다면 박쥐는 아마 이렇게… | 길짐승이 이겼다면 박쥐는 아마 이렇게… |

그림으로 마음껏 표현해 보세요.

✏ 박쥐는 아마 깃털을 뽑히지 않고 예쁘게 달고 멋지게 날아다닐 거 같아요.

✏ 박쥐는 아마 굴에서 살지 않고 나무 위 둥지에 살면서 낮에도 날아다녔을 거 같아요.

짚어보기4　61p

짚어보기4

뒷이야기 바꾸기
결국 박쥐는 길짐승과 날짐승 모두에게 미움받았어. 네가 이야기를 쓴다면 결말을 어떻게 바꾸고 싶어? **예시처럼 상상해서 이야기해 봐.**

싸움은 어느 쪽도 이기지 못했어.
:
:

내가 결말을 다시 쓴다면

예시 길짐승이 곧 이길 것 같았지만, 이번에는 날짐승이 힘을 모아서 한꺼번에 공격했어.
그래서 날짐승이 다시 우세해졌지.
이렇게 싸움은 끝날 것 같으면서도 끝나지 않고, 아직도 길짐승과 날짐승은 싸우고 있단다. 결국 박쥐는 길짐승과 날짐승 사이를 왔다 갔다 하면서 아직까지도 이러지도 저러지도 못하고 있대.

짚어보기5　62p

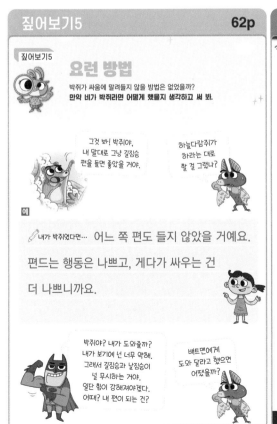

짚어보기5

요런 방법
박쥐가 싸움에 말려들지 않을 방법은 없었을까?
만약 네가 박쥐라면 어떻게 했을지 생각하고 써 봐.

그것 봐! 박쥐야, 내 말대로 그냥 길짐승 편을 들면 좋았을 거야.

하늘다람쥐가 하라는 대로 할 걸 그랬나?

예

✏ 내가 박쥐였다면… 어느 쪽 편도 들지 않았을 거예요.
편드는 행동은 나쁘고, 게다가 싸우는 건 더 나쁘니까요.

박쥐야? 내가 도와줄까? 내가 보기에 넌 너무 약해. 그래서 길짐승과 날짐승이 널 무시하는 거야. 일단 힘이 강해져야겠다. 어때? 내 편이 되는 건?

배트맨에게 도와 달라고 했으면 어땠을까?

보고하기　63p

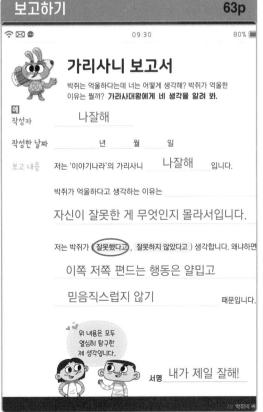

09:30　80%

가리사니 보고서
박쥐는 억울하다는데 너는 어떻게 생각해? 박쥐가 억울한 이유는 뭘까? **가라사대왕에게 네 생각을 알려 봐.**

예
작성자　나잘해
작성한 날짜　　년　　월　　일
보고 내용　저는 '이야기나라'의 가리사니　나잘해　입니다.
박쥐가 억울하다고 생각하는 이유는
자신이 잘못한 게 무엇인지 몰라서입니다.

저는 박쥐가 (잘못했다고, 잘못하지 않았다고) 생각합니다. 왜냐하면
이쪽 저쪽 편드는 행동은 얄밉고
믿음직스럽지 않기　때문입니다.

위 내용은 모두 열심히 탐구한 제 생각입니다.

서명　내가 제일 잘해!

해설

60p
박쥐의 다양한 모습을 상상해서 그림과 글로 표현해 보는 창의적 활동입니다. 그림으로 먼저 그리고, 그린 내용을 글로도 쓸 수 있도록 지도해 주세요.

61p
뒷이야기를 바꾸면서 상상력을 기르고 다양한 결말을 예상할 수 있는 창의적 활동입니다. 아직 쓰는 게 어려운 아이들을 위해 말로 마음껏 이야기해 볼 수 있도록 지도해 주세요.

62p
주인공의 입장이라면 어떻게 행동했을지 생각해 보면서 문제해결력을 기를 수 있습니다.

63p
이야기의 주제에 대한 자신의 생각을 글로 정리하는 활동입니다. 완성된 문장으로 쓸 수 있도록 지도해 주세요.

어휘다지기

박쥐 뒤풀이

박쥐가 낱말 퀴즈 뒤풀이를 열었어. 낱말 퀴즈를 풀어서 가리사니 힘을 다져 보자고. **요지카를 보면서 문제를 풀어 봐.**

1 박쥐의 엉뚱한 낱말 풀이를 보고 빈칸에 들어갈 낱말을 요지카에서 찾아 써 보세요.

게~게~게 자로 끝나는 말은~

게

서로 친하고 정다운 게는 **사이좋게**,
말이나 행동이 재빠르고 미운 게는 **얄밉게**,
눈치나 동작이 매우 빠른 게는 잽 싸 게!

놀라거나 기가 막히는 코는 **아이코**,
어떤 일이라도 반드시 해내는 코는 **기어코**,
아무 말없이 가만히 있는 코는 잠 자 코!

코~코~코 자로 끝나는 말은~

코

2 낱말 덧셈을 해 볼까요? 다음 두 낱말을 더하면 어떤 낱말이 될지 빈칸에 들어갈 글자를 써 보세요.

사다 + 팔다	주다 + 받다	치다 + 받다
사고팔다	주고 받 다	치 고 받 다

3 이게 뭐**야**! 모두 **야** 자로 끝나게 빈칸에 들어갈 낱말을 요지카에서 찾아 써 보세요.

야~야~야 자로 끝나는 말은~

야

올바르지 않을 때는 **아니야**,
이치를 따져서 적당하게 말하고 싶을 때는 **하기야**,
앞서 이미 이야기한 그때에 이를 때는 그 제 야.

4 박쥐가 거꾸로 매달려 있어서 낱말도 거꾸로 읽었다고 해요! 사다리를 타고 내려가서 바르게 읽은 낱말을 써 보세요.

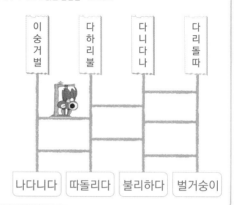

이숭거벌	다하리불	다니다나	다리돌따
나다니다	따돌리다	불리하다	벌거숭이

64~65p

요지카에서 다룬 어휘를 다시 한번 문제로 풀어보면서 어휘력을 기를 수 있습니다. 요지카를 보면서 문제를 풀 수 있도록 지도해 주세요.

3장 돌멩이 자리

이번 장에서는 다음과 같이 교과 연계 활동이 이루어집니다.
 다양한 활동을 통해 교과 학습에 도움을 받을 수 있습니다.

관련교과

🌱 **[국어 2학년 1학기] 다른 사람을 생각해요**
▶ 연극 대본에 어울리는 표정을 연결하면서 듣는 사람의 상황을 생각하여 말하는 연습을 해 봅니다.

💧 **[과학 3학년 1학기] 물질의 성질**
▶ '돌'의 성질을 파악해서 알맞은 낱말로 구분 짓는 활동을 통해 여러 가지 물질의 성질을 비교해 봅니다.

💧 **[국어 1학년 2학기] 겪은 일을 글로 써요**
▶ 등장인물이 되어 주요 사건을 일기로 쓰면서 생각과 느낌을 정리해 봅니다.

준비하기	68p

들어보기1~5	70~79p

해설

68p

두 관용적 표현의 의미를 이해하고, 자신의 생각을 정립하는 활동입니다. 모두 답이 될 수 있으므로 자신의 생각을 설득력 있게 설명할 수 있으면 좋습니다.

70~79p

소리 내어 정독할 수 있도록 지도해 주시고, 부모님이 함께 읽어주셔도 좋습니다. 활동지에 있는 요지카를 미리 잘라서 준비해 놓고, 이야기를 읽으면서 요지카로 어려운 낱말을 함께 익힐 수 있도록 지도해 주세요.

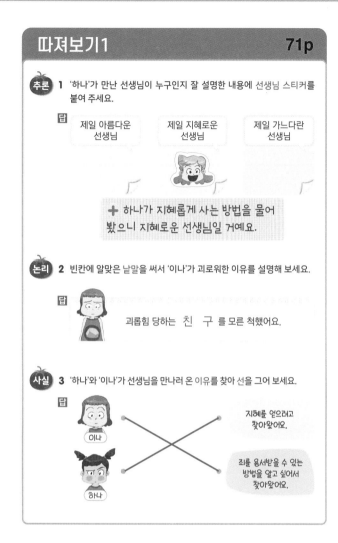

해설

71p

1. '제일간다'는 말의 의미를 문맥적으로 바르게 추리해 볼 수 있는지 확인하는 문제입니다. 잘 쓰지 않는 어휘를 문제를 통해서 익힐 수 있습니다.

2. 주인공의 마음을 합리적인 이유를 들어 이해해 보는 문제입니다. 핵심어를 중심으로 문장을 완성해 볼 수 있습니다.

3. 등장인물의 행동을 바르게 이해하는지 묻는 사실적 질문입니다. 독해가 바르게 되고 있는지 확인할 수 있습니다.

73p

1. 주인공과 비슷한 처지에 놓인 경험을 생각해 봄으로써 주인공의 마음을 짐작할 수 있습니다. 잘못을 부끄럽게 여기는 아이들을 위해 자물쇠 스티커를 준비했으니, 잘못을 쓴 다음 스티거를 붙여 가릴 수도 있습니다. 편안하게 자신의 경험을 표현할 수 있도록 지도해 주세요.

2. 낱말의 의미를 이해해서 문장으로 바르게 완성할 수 있는지 확인하는 문제입니다.

3. 책 내용을 잘 이해하고 있는지 확인하는 사실적 질문입니다.

3장 돌멩이 자리

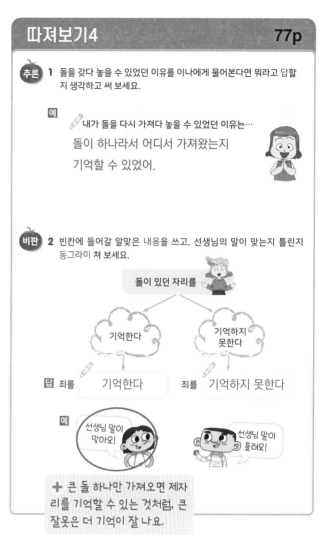

해설

75p

1. 주요 소재가 되는 '돌'의 특성을 추론해서 이야기에서 '돌'이 상징하는 의미를 파악해 보는 문제입니다. 직접 돌멩이를 만져보거나 관찰해 보고 문제를 풀어도 좋습니다. 다양한 답이 가능하니 아이들이 적극적으로 표현할 수 있도록 지도해 주세요.

2. 주인공의 행동을 논리적으로 설명할 수 있는지 확인하는 문제입니다. 정해진 답은 없고, 모두 답이 될 수 있습니다. 답으로 선택한 이유를 설명할 수 있으면 좋습니다.

77p

1. 주인공이 어떻게 답변했을지 추론하는 문제입니다. 설득력 있게 이유를 들어 문장으로 표현할 수 있도록 지도해 주세요.

2. 제시된 논제를 비판적으로 따져 보는 문제입니다. 동의, 반의를 표해서 자신의 주장을 확립할 수 있습니다. 주장에 대한 이유를 제시할 수 있도록 지도해 주세요.

간추리기1 80p

간추리기1

중요한 말

이야기에서 나왔던 낱말들이 누구에게 더 중요한지
별표를 그리고 이유를 말해 봐.

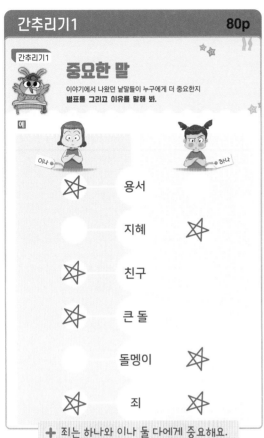

예

이나 / 하나

★	용서	
	지혜	★
★	친구	
★	큰 돌	
	돌멩이	★
★	죄	★

➕ 죄는 하나와 이나 둘 다에게 중요해요.
둘 다 크거나 작은 잘못을 저질렀으니까요.

간추리기2 81p

간추리기2

선생님의 일

선생님이 하나와 이나가 찾아왔던 일을 이야기하고 있어.
그림을 보고 순서대로 번호를 써 봐.

답

하나와 이나가
찾아왔더라고…

80p

주제와 관련된 핵심어
를 통해 이야기의 맥락
적 의미를 파악하는지
알아보는 활동입니다.
제시된 핵심어가 어느
인물에게 더 중요하다
고 생각하는지 근거를
말할 수 있으면 좋습니
다.

81p

이야기를 사건의 순서
대로 잘 기억하고 있는
지 확인하는 활동입니
다. 이야기 전개 구조
를 파악하면 독해력을
기를 수 있습니다.

짚어보기1 82p

짚어보기1

돌멩이 갖다 놓기

하나의 돌멩이를 제자리에 갖다 놓을 수 있는 방법을 생각해 보고,
그림과 글로 표현해 봐.

예

그림으로 마음껏
표현해 보세요.

✏️ 아무 데나 놓으면 그게 돌멩
이의 제자리가 될 거예요. 어차
피 아무도 돌멩이의 제자리를 기
억하지 못할 테니까요.

하나의 돌멩이를
제자리에 갖다 놓을
좋은 방법이 없을까?

짚어보기2 83p

짚어보기2

누가 더 잘못

등장인물들은 하나와 이나 중에서 누구의 잘못이 더 크다고 생각할지
짐작해 보고 **알맞은 곳에 동그라미 쳐 봐.**

예

➕ 하나는 자신의 잘못이 하나도 없다고 생각했는데,
이건 잘난 척하는 거니까 하나도 잘못했어요.

82p

이야기에서 주인공이
해결하지 못한 문제를
창의적인 생각으로 해
결해 보는 활동입니다.
답이 없으므로 생각을
마음껏 펼칠 수 있게
아이들의 표현을 적극
적으로 수용해 주세요.

83p

'잘못'을 받아들이는 태
도가 인물에 따라서 어
떻게 다른지 비판적으
로 평가해 보는 활동입
니다. 모두 답이 될 수
있으므로 자신이 선택
한 답의 근거를 말할
수 있으면 좋습니다.

짚어보기3 84p

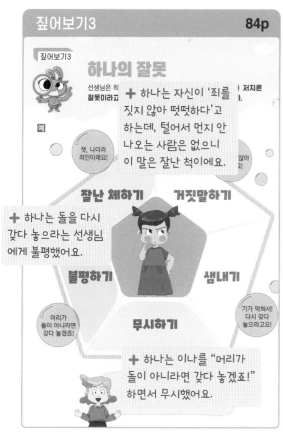

하나의 잘못

선생님은 하나가 저지른 ⋯ 잘못이라고 ⋯

예

+ 하나는 자신이 '죄를 짓지 않아 떳떳하다'고 하는데, 털어서 먼지 안 나오는 사람은 없으니 이 말은 잘난 척이에요.

쳇, 나더러 죄인이래요!

⋯ 않아 ⋯ 으라고요!

잘난 체하기 / 거짓말하기

+ 하나는 돌을 다시 갖다 놓으라는 선생님에게 불평했어요.

불평하기 / 샘내기

머리가 돌이 아니라면 갖다 놓겠죠!

기가 막혀서! 다시 갖다 놓으라고요!

무시하기

+ 하나는 이나를 "머리가 돌이 아니라면 갖다 놓겠죠!" 하면서 무시했어요.

짚어보기4 85p

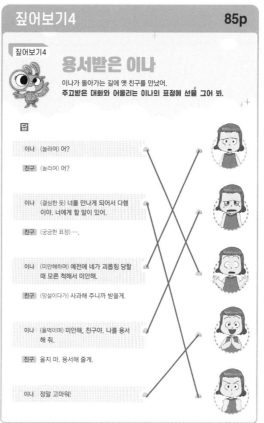

용서받은 이나

이나가 돌아가는 길에 옛 친구를 만났어.
주고받은 대화와 어울리는 이나의 표정에 선을 그어 봐.

답

이나 (놀라며) 어?

친구 (놀라며) 어?

이나 (결심한 듯) 너를 만나게 되어서 다행이야. 너에게 할 말이 있어.

친구 (궁금한 표정) ….

이나 (미안해하며) 예전에 네가 괴롭힘 당할 때 모른 척해서 미안해.

친구 (망설이다가) 사과해 주니까 받을게.

이나 (울먹이며) 미안해, 친구야. 나를 용서해 줘.

친구 울지 마. 용서해 줄게.

이나 정말 고마워!

84p

쉽게 저지를 수 있는 실수들이 잘못인지 아닌지 생각해 볼 수 있습니다. 말풍선에 들어간 '하나'의 '말'을 통해서 '하나'가 어떤 잘못을 저질렀는지 추리해 볼 수 있습니다.

85p

주인공 '이나'가 용서를 구하는 과정을 표정으로 살펴보면서, 용서를 구하는 과정은 어렵고 용기가 필요한 일임을 간접 경험해 보는 활동입니다. 대사와 표정을 살려서 역할극을 해도 좋습니다.

짚어보기5 86p

하나와 이나

하나와 이나가 선생님을 만나고 온 날 일기를 썼어.
어떤 내용이 들어가면 좋을지 생각해 보고 이어서 써 봐.

예

| 년 | 월 | 일 | 오일 | ☀ ☁ ⛆ ⛈ |

선생님은 늘 반성하며 겸손하게 살면 용서받는다고 했다.

그동안 괴로웠는데… 선생님 말을 들으니까 용서받은 것 같아서 기분이 좋아졌다. 앞으로도 늘 반성하며 살아야겠다.

| 년 | 월 | 일 | 오일 | ☀ ☁ ⛆ ⛈ |

선생님은 작은 잘못이라고 해도 가볍게 여기면 안 된다고 했다.

생각해 보니… 나도 실수도 하고 잘못도 했던 것 같다. 앞으로 좀 반성하는 마음을 가져야겠다.

보고하기 87p

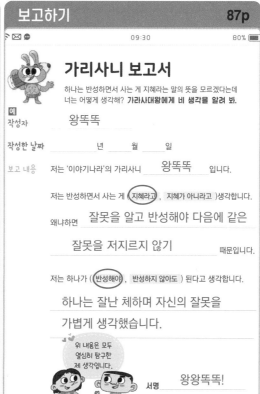

09:30   80%

가리사니 보고서

하나는 반성하면서 사는 게 지혜라는 말의 뜻을 모르겠다는데 너는 어떻게 생각해? 가라사대왕에게 네 생각을 알려 봐.

예

작성자   왕똑똑

작성한 날짜   년   월   일

보고 내용   저는 '이야기나라'의 가리사니 왕똑똑 입니다.

저는 반성하면서 사는 게 (지혜라고, 지혜가 아니라고) 생각합니다.

왜냐하면 잘못을 알고 반성해야 다음에 같은 잘못을 저지르지 않기 때문입니다.

저는 하나가 (반성해야, 반성하지 않아도) 된다고 생각합니다.

하나는 잘난 체하며 자신의 잘못을 가볍게 생각했습니다.

위 내용은 모두 열심히 탐구한 제 생각입니다.

서명   왕왕똑똑!

86p

두 주인공 '하나'와 '이나'의 입장에서 이야기가 주는 교훈을 아이들이 말과 글로 표현할 수 있는지 확인해 보는 활동입니다. 일기의 뒷부분을 맥락에 맞게 잘 연결해서 쓰면 좋지만, 쓰는 게 힘든 아이들은 말로 표현해도 됩니다.

87p

이야기의 주제에 대한 자신의 생각을 글로 정리하는 활동입니다. 완성된 문장으로 쓸 수 있도록 지도해 주세요.

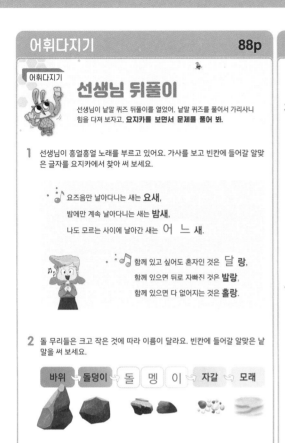

선생님 뒤풀이

선생님이 낱말 퀴즈 뒤풀이를 열었어. 낱말 퀴즈를 풀어서 가리사니 힘을 다져 보자고. **요지카를 보면서 문제를 풀어 봐.**

1 선생님이 흥얼흥얼 노래를 부르고 있어요. 가사를 보고 빈칸에 들어갈 알맞은 글자를 요지카에서 찾아 써 보세요.

♪ 요즈음만 날아다니는 새는 **요새**,

밤에만 계속 날아다니는 새는 **밤새**,

나도 모르는 사이에 날아간 새는 어 느 새.

♪ 함께 있고 싶어도 혼자인 것은 달 랑,

함께 있으면 뒤로 자빠지는 것은 **발랑**,

함께 있으면 다 없어지는 것은 **홀랑**.

2 돌 무리들은 크고 작은 것에 따라 이름이 달라요. 빈칸에 들어갈 알맞은 낱말을 써 보세요.

바위 **돌덩이** 돌 멩 이 **자갈** **모래**

---

3 친구가 쓴 글에서 틀린 글자가 있어요. 틀린 글자를 찾아 바르게 고쳐 써 보세요.

네가 어떻게 나한테 그럴 수 있어.　양 심

네가 조금의 양심이 있다면 내게 그렇게 못 하지!

나는 이번 일과는 아무 상관도 없어.

잘못한 게 하나도 없이 뻣뻣해.　떳 떳

너 앞으로 다시 한번 더 이런 일이 있으면 용사 없을 줄 알아라!　용 서

4 두 낱말의 관계를 보고, 빈칸에 어울리는 낱말을 써 보세요.

크다 < 큼지막하다

작다 > 자 그 마 하다

해설

88~89p

요지카에서 다룬 어휘를 다시 한번 문제로 풀어 보면서 어휘력을 기를 수 있습니다. 요지카를 보면서 문제를 풀 수 있도록 지도해 주세요.

4장 팽이와 공

 이번 장에서는 다음과 같이 교과 연계 활동이 이루어집니다. 다양한 활동을 통해 교과 학습에 도움을 받을 수 있습니다.

관련교과

💧 **[봄 2학년 1학기] 마음 신호등**
▶상황에 따라 달라지는 등장인물의 마음을 알맞게 표현하는 방법을 익혀 봅니다.

💧 **[국어 2학년 1학기] 상상의 날개를 펴요**
▶기억에 남는 이야기와 장면을 핵심어를 이용해서 정리해 봅니다.

💧 **[봄 2학년 1학기] 나를 소개합니다**
▶자신이 좋아하는 것과 잘하는 것을 생각해서 자신을 소개하는 말을 해 봅니다.

준비하기	92p

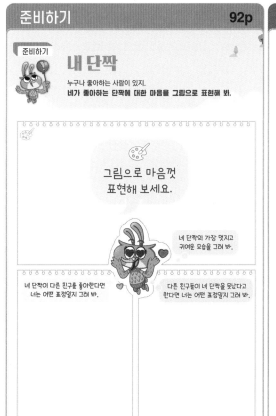

준비하기

내 단짝

누구나 좋아하는 사람이 있지.
네가 좋아하는 단짝에 대한 마음을 그림으로 표현해 봐.

그림으로 마음껏
표현해 보세요.

네 단짝의 가장 멋지고
귀여운 모습을 그려 봐.

네 단짝이 다른 친구를 좋아한다면
너는 어떤 표정일지 그려 봐.

다른 친구들이 네 단짝을 멋났다고
한다면 너는 어떤 표정일지 그려 봐.

들어보기1~5	94~103p

팽이 이야기

이야기를 읽으면서, 중요한 낱말은 요지카로 익혀 보자.
낱말에 요지카 번호를 써 봐. 활동지 23쪽

시큰둥하다 - 2	딱지 - 4
위로 - 7	둥지 - 3
하수구 - 6	하마터면 - 5
물끄러미 - 1	투덜거리다 - 8

해설

92p

좋아하는 사람을 그림으로 표현하고, 좋아하는 마음을 표정으로 그려보는 활동입니다. 그리는 활동은 마음을 깊이 있게 들여다볼 수 있으며 창의적 표현 능력도 기릅니다.

94~103p

소리 내어 정독할 수 있도록 지도해 주시고, 부모님이 함께 읽어 주셔도 좋습니다. 활동지에 있는 요지카를 미리 잘라서 준비해 놓고, 이야기를 읽으면서 요지카로 어려운 낱말을 함께 익힐 수 있도록 지도해 주세요.

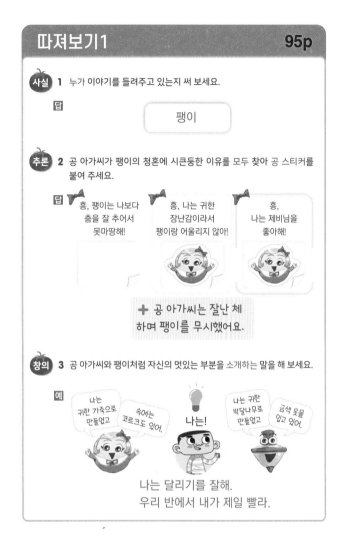

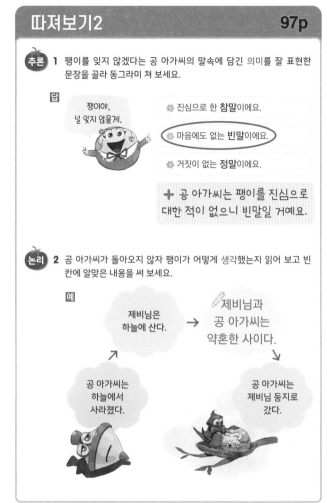

따져보기3　99p

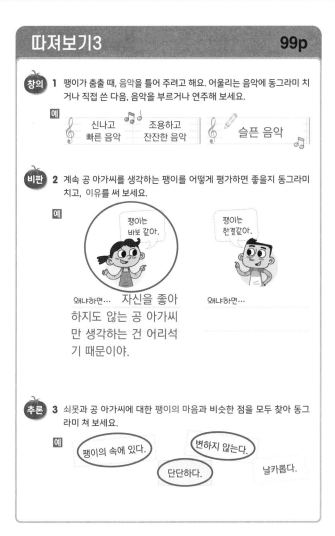

창의 **1** 팽이가 춤출 때, 음악을 틀어 주려고 해요. 어울리는 음악에 동그라미 치거나 직접 쓴 다음, 음악을 부르거나 연주해 보세요.

예

| 신나고 빠른 음악 | 조용하고 잔잔한 음악 | 슬픈 음악 |

비판 **2** 계속 공 아가씨를 생각하는 팽이를 어떻게 평가하면 좋을지 동그라미 치고, 이유를 써 보세요.

예

팽이는 바보 같아.

팽이는 한결같아.

왜냐하면... 자신을 좋아하지도 않는 공 아가씨만 생각하는 건 어리석기 때문이야.

왜냐하면...

추론 **3** 쇠못과 공 아가씨에 대한 팽이의 마음과 비슷한 점을 모두 찾아 동그라미 쳐 보세요.

예

팽이의 속에 있다. ⟶ 변하지 않는다. ⟶ 단단하다. 날카롭다.

따져보기4　101p

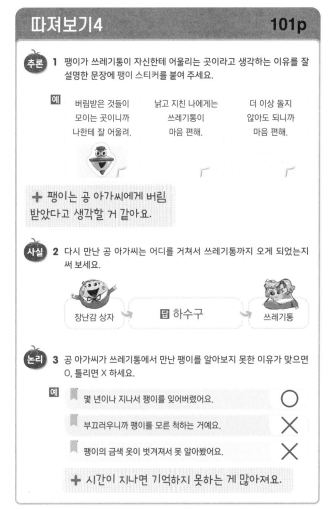

추론 **1** 팽이가 쓰레기통이 자신한테 어울리는 곳이라고 생각하는 이유를 잘 설명한 문장에 팽이 스티커를 붙여 주세요.

예

버림받은 것들이 모이는 곳이니까 나한테 잘 어울려.

낡고 지친 나에게는 쓰레기통이 마음 편해.

더 이상 돌지 않아도 되니까 마음 편해.

➕ 팽이는 공 아가씨에게 버림받았다고 생각할 거 같아요.

사실 **2** 다시 만난 공 아가씨는 어디를 거쳐서 쓰레기통까지 오게 되었는지 써 보세요.

장난감 상자 ⟶ 답 하수구 ⟶ 쓰레기통

논리 **3** 공 아가씨가 쓰레기통에서 만난 팽이를 알아보지 못한 이유가 맞으면 O, 틀리면 X 하세요.

예

몇 년이나 지나서 팽이를 잊어버렸어요. ◯

부끄러우니까 팽이를 모른 척하는 거예요. ✕

팽이의 금색 옷이 벗겨져서 못 알아봤어요. ✕

➕ 시간이 지나면 기억하지 못하는 게 많아져요.

해설

99p

1. 팽이의 심정에 어울리는 음악을 생각해 보는 창의적 활동입니다. 다양한 답이 나올 수 있고, 구체적인 곡 이름을 적을 수도 있습니다. 직접 노래를 부르거나 연주해 보면서 재미있게 표현할 수 있도록 지도해 주세요.

2. 주인공 팽이를 비판적으로 평가해 보는 질문입니다. 자신의 평가에 대해서 논리적 근거를 말할 수 있으면 좋습니다.

3. 서로 다른 대상에서 공통적인 성질을 찾는 추론 활동입니다. 다소 어려운 활동이니 차근차근 비교해 나갈 수 있도록 지도해 주세요. 세 가지 모두 답이 될 수도 있고 다른 근거로 '변하지 않는다'는 답으로 선택하지 않을 수도 있습니다. 자신의 생각에 논리적 근거를 제시할 수 있으면 좋습니다.

101p

1. 팽이의 마음을 추론해서 문장으로 표현해 내는 활동입니다. 모두 답이 될 수 있으니, 자신이 선택한 답의 근거를 설명하면 좋습니다.

2. 문장을 꼼꼼하게 잘 읽었는지 확인하는 사실적 질문입니다.

3. 공 아가씨의 마음을 추리해서 문장으로 표현해 내는 활동입니다. 모두 답이 될 수 있으니, 자신이 선택한 답의 근거를 설명하면 좋습니다.

해설

104p

핵심어를 사용해서 내용을 요약해 보는 활동입니다. 문장에 알맞은 핵심어를 기억하거나 찾을 수 있으면 좋습니다.

105p

핵심어를 사용해서 내용을 요약해 보는 활동입니다. 문장에 알맞은 핵심어를 기억하거나 찾을 수 있으면 좋습니다.

106p

서로 다른 대상에게서 공통점을 찾는 유추 활동입니다. 특성을 파악해서 비교해 보는 활동으로 다소 어려울 수 있으니 차근차근 생각해 볼 수 있도록 지도해 주세요. 선택한 답에 충분한 근거를 제시할 수 있으면 좋습니다.

107p

제시된 의성어의 문맥적 의미를 파악해서 등장인물의 마음을 짐작해 보는 활동입니다. 상황에 맞는 어울리는 표현을 쓸 수 있으면 좋습니다.

짚어보기3 108p

짚어보기3

뒷이야기

옆집 꼬마가 공도 쓰레기통에서 꺼내서 깨끗하게 씻은 후, 팽이와 같이 둔다면 어떤 일이 벌어질까? 뒷이야기를 만화로 그려 봐!

만화로 마음껏 표현해 보세요.

짚어보기4 109p

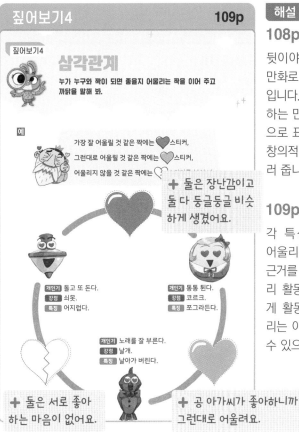

짚어보기4

삼각관계

누가 누구와 짝이 되면 좋을지 어울리는 짝을 이어 주고 까닭을 말해 봐.

예

가장 잘 어울릴 것 같은 짝에는 ♥ 스티커,
그런대로 어울릴 것 같은 짝에는 ♥ 스티커,
어울리지 않을 것 같은 짝에는 ♡ 스티커

+ 둘은 장난감이고 둘 다 둥글둥글 비슷하게 생겼어요.

개인기 돌고 또 돈다.
강점 쇠못.
특징 어지럽다.

개인기 통통 튄다.
강점 코르크.
특징 포근하다.

개인기 노래를 잘 부른다.
강점 날개.
특징 날아가 버린다.

+ 둘은 서로 좋아하는 마음이 없어요.

+ 공 아가씨가 좋아하니까 그런대로 어울려요.

짚어보기5 110p

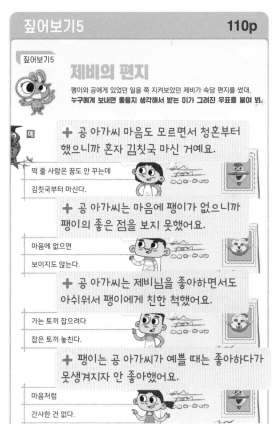

짚어보기5

제비의 편지

팽이와 공에게 있었던 일을 쭉 지켜보았던 제비가 속담 편지를 썼다.
누구에게 보내면 좋을지 생각해서 받는 이가 그려진 우표를 붙여 봐.

예

+ 공 아가씨 마음도 모르면서 청혼부터 했으니까 혼자 김칫국 마신 거예요.

떡 줄 사람은 꿈도 안 꾸는데
김칫국부터 마신다.

+ 공 아가씨는 마음에 팽이가 없으니까 팽이의 좋은 점을 보지 못했어요.

마음에 없으면
보이지도 않는다.

+ 공 아가씨는 제비님을 좋아하면서도 아쉬워서 팽이에게 친한 척했어요.

가는 토끼 잡으려다
잡은 토끼 놓친다.

+ 팽이는 공 아가씨가 예쁠 때는 좋아하다가 못생겨지자 안 좋아했어요.

마음처럼
간사한 건 없다.

보고하기 111p

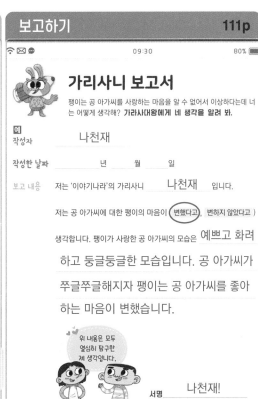

가리사니 보고서

팽이는 공 아가씨를 사랑하는 마음을 알 수 없어서 이상하다는데 너는 어떻게 생각해? 가라사대왕에게 네 생각을 알려 봐.

작성자 나천재

작성한 날짜 년 월 일

보고 내용 저는 '이야기나라'의 가리사니 나천재 입니다.

저는 공 아가씨에 대한 팽이의 마음이 (변했다고), 변하지 않았다고)
생각합니다. 팽이가 사랑한 공 아가씨의 모습은 예쁘고 화려하고 둥글둥글한 모습입니다. 공 아가씨가 쭈글쭈글해지자 팽이는 공 아가씨를 좋아하는 마음이 변했습니다.

위 내용은 모두 열심히 탐구한 제 생각입니다.

서명 나천재!

해설

108p

뒷이야기를 상상해서 만화로 꾸며 보는 활동입니다. 아이들이 좋아하는 만화는 글과 그림으로 표현할 수 있어서 창의적 표현 능력을 길러 줍니다.

109p

각 특성을 파악해서 어울리는 대상을 찾고 근거를 마련해 보는 논리 활동입니다. 재미있게 활동하면서도 어울리는 이유를 잘 설명할 수 있으면 좋습니다.

110p

속담의 뜻을 이해하고, 이 속담이 필요한 대상을 찾는 논리 활동입니다. 다양한 해석이 가능하니 속담이 필요한 이유를 잘 설명할 수 있으면 답으로 인정해 주세요.

111p

이야기의 주제에 대한 자신의 생각을 글로 정리하는 활동입니다. 완성된 문장으로 쓸 수 있도록 지도해 주세요.

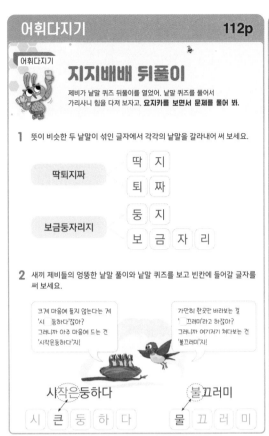

어휘다지기

지지배배 뒤풀이

제비가 낱말 퀴즈 뒤풀이를 열었어. 낱말 퀴즈를 풀어서
가리사니 힘을 다져 보자고. **요지카를 보면서 문제를 풀어 봐.**

1 뜻이 비슷한 두 낱말이 섞인 글자에서 각각의 낱말을 갈라내어 써 보세요.

| 딱퇴지짜 | 딱 지 |
| | 퇴 짜 |

| 보금둥자리지 | 둥 지 |
| | 보 금 자 리 |

2 새끼 제비들의 엉뚱한 낱말 풀이와 낱말 퀴즈를 보고 빈칸에 들어갈 글자를
써 보세요.

크게 마음에 들지 않는다는 게
'시 둥하다'잖아?
그러니까 아주 마음에 드는 건
'시작은둥하다'지!

가만히 한곳만 바라보는 걸
' 끄러미'라고 하잖아?
그러니까 여기저기 쳐다보는 건
'불끄러미'지!

시작은둥하다
| 시 | 큰 | 둥 | 하 | 다 |

불끄러미
| 물 | 끄 | 러 | 미 |

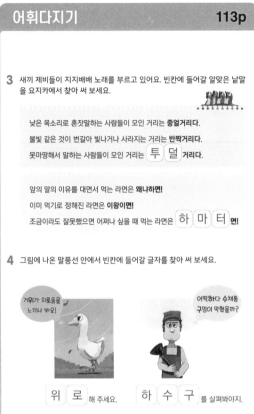

3 새끼 제비들이 지지배배 노래를 부르고 있어요. 빈칸에 들어갈 알맞은 낱말
을 요지카에서 찾아 써 보세요.

낮은 목소리로 혼잣말하는 사람들이 모인 거리는 **중얼거리다.**

불빛 같은 것이 번갈아 빛나거나 사라지는 거리는 **반짝거리다.**

못마땅해서 말하는 사람들이 모인 거리는 투 덜 거리다.

앞의 말의 이유를 대면서 먹는 라면은 **왜냐하면!**

이미 먹기로 정해진 라면은 **이왕이면!**

조금이라도 잘못했으면 어쩌나 싶을 때 먹는 라면은 하 마 터 면!

4 그림에 나온 말풍선 안에서 빈칸에 들어갈 글자를 찾아 써 보세요.

거위가 외로움을
느끼나 봐요!

어떡하다 수채통
구멍이 막혔을까?

위 로 해 주세요.

하 수 구 를 살펴봐야지.

MEMO

MEMO

✂ ——　자르는 선
…………　접는 선

1. 자르는 선을 따라 가위로 오려서 네 조각으로 만들어 주세요.
2. 접는 선을 따라 안쪽으로 한 번 바깥쪽으로 한 번 접어 주세요.
3. 풀칠한 후 같은 번호끼리 모퉁이의 색깔을 맞춰 붙여 주세요.
4. 요리조리 접거나 펴면서 그림에 나오는 내용을 상상해서 이야기해 보세요.

③
풀칠

①
풀칠

④
풀칠

②
풀칠

2

✂ ——— 자르는 선
········· 접는 선

가리사니 임명장

이름:

직책: 가리사니

위 사람을 이야기나라의 가리사니로 임명합니다.

20   년   월   일

이야기나라의 가라사대왕

4

✂ —— 자르는 선
········· 접는 선

1. 자르는 선을 따라 가위로 오려서 네 조각으로 만들어 주세요.
2. 접는 선을 따라 안쪽으로 한 번 바깥쪽으로 한 번 접어 주세요.
3. 풀칠한 후 같은 번호끼리 모퉁이의 색깔을 맞춰 붙여 주세요.
4. 요리조리 접거나 펴면서 그림에 나오는 내용을 상상해서 이야기해 보세요.

③ 풀칠

① 풀칠

④ 풀칠

② 풀칠

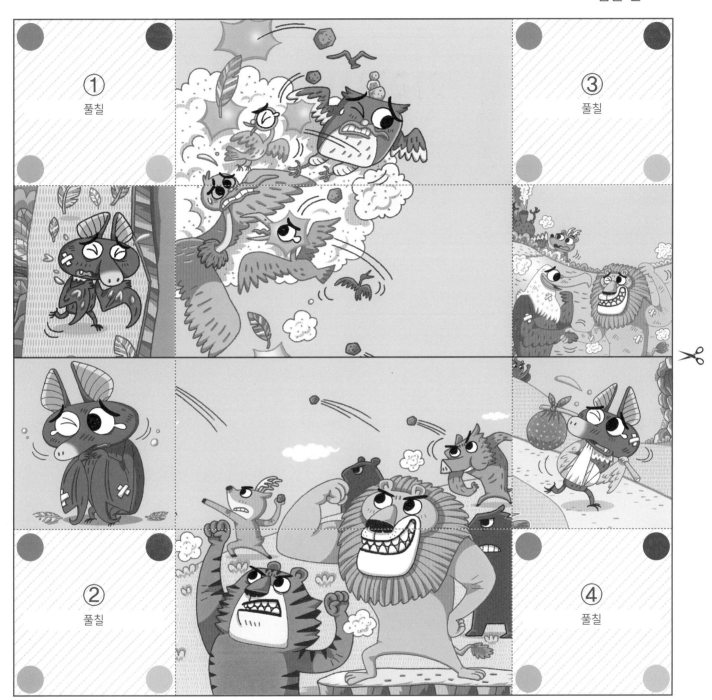

① 풀칠

③ 풀칠

② 풀칠

④ 풀칠

가리사니 임명장

이름:

직책: 가리사니

위 사람을 이야기나라의 가리사니로 임명합니다.

20   년   월   일

이야기나라의 가라사대왕

✂ —— 자르는 선
········ 접는 선

제일가는
지혜 쌤

3장
돌멩이 자리

1. 자르는 선을 따라 가위로 오려서 네 조각으로 만들어 주세요.
2. 접는 선을 따라 안쪽으로 한 번 바깥쪽으로 한 번 접어 주세요.
3. 풀칠한 후 같은 번호끼리 모퉁이의 색깔을 맞춰 붙여 주세요.
4. 요리조리 접거나 펴면서 그림에 나오는 내용을 상상해서 이야기해 보세요.

✂ —— 자르는 선
········ 접는 선

① 풀칠

③ 풀칠

② 풀칠

④ 풀칠

가리사니 임명장

이름:

직책: 가리사니

위 사람을 이야기나라의 가리사니로 임명합니다.

20   년   월   일

이야기나라의 가라사대왕

✂ —— 자르는 선
┈┈┈ 접는 선

1. 자르는 선을 따라 가위로 오려서 네 조각으로 만들어 주세요.
2. 접는 선을 따라 안쪽으로 한 번 바깥쪽으로 한 번 접어 주세요.
3. 풀칠한 후 같은 번호끼리 모퉁이의 색깔을 맞춰 붙여 주세요.
4. 요리조리 접거나 펴면서 그림에 나오는 내용을 상상해서 이야기해 보세요.

③
풀칠

①
풀칠

④
풀칠

②
풀칠

가리사니 임명장

이름:

직책: 가리사니

위 사람을 이야기나라의 가리사니로 임명합니다.

20   년   월   일

이야기나라의 가라사대왕

요지카 1

낱말등급 ★★★☆☆

ㄱㅍㅎㄷ

고양이 다리를 □□ 하게 하나씩 맡았어요.

요지카 2

낱말등급 ★★★☆☆

ㅇㄱㅇ

고양이가 □□□ 근처를 지나갔어요.

요지카 3

낱말등급 ★★★☆☆

ㅁㅊ

금 한 덩이씩 내어 □□ 을 마련했어요.

요지카 4

낱말등급 ★★★☆☆

ㅁㅆ

쥐들이 오줌을 싸는 바람에 □□ 이 생겼어요.

요지카 5

낱말등급 ★★★☆☆

ㅅㅎㄷ

고양이가 □ 한 다리로 뛰어갔어요.

요지카 6

낱말등급 ★★★☆☆

ㄱㅁㅎㄷ

나 참, □□ 혀서, 이게 말이 돼요?

요지카 7

낱말등급 ★★★★★

ㅎㄹㄷ

목화에 불이 붙어 그만 □□□ 다 타 버렸어요.

요지카 8

낱말등급 ★★★☆☆

ㅇㅅㄱㅅ

우리끼리 □□□□ 다투었어요.

글자를 색칠해 보아요.

아궁이

방이나 솥 따위를 덥히려고 불을 지피기 위해 만든 구멍입니다.

siso 진짜진짜 독서논술

글자를 색칠해 보아요.

공평하다

어느 한쪽으로도 치우치지 않고 같다는 뜻입니다.

siso 진짜진짜 독서논술

글자를 색칠해 보아요.

말썽

문제를 일으키는 말이나 행동을 뜻합니다.

siso 진짜진짜 독서논술

글자를 색칠해 보아요.

밑천

어떤 일을 시작하는 데에 기초가 되는 돈이나 재물을 뜻합니다.

siso 진짜진짜 독서논술

글자를 색칠해 보아요.

기막히다

어떤 일이 놀랍거나 마음에 들지 않아서 좋지 않다는 뜻입니다.

siso 진짜진짜 독서논술

글자를 색칠해 보아요.

성하다

상한 데 없이 원래대로 멀쩡하다는 뜻입니다.

siso 진짜진짜 독서논술

글자를 색칠해 보아요.

옥신각신

서로 옳으니 그르니 하며 다투는 모습을 나타냅니다.

siso 진짜진짜 독서논술

글자를 색칠해 보아요.

홀라당

돈이나 재산 따위가 완전히 다 없어지는 모양을 나타냅니다.

siso 진짜진짜 독서논술

ㅈㅆㄷ

☐☐게 새들 편에 서서 길짐승들과 싸웠어요.

ㅂㄹㅎㄷ

그 바람에 싸움은 날짐승 편이 ☐☐ 해졌어요.

ㅈㅈㅋ

뭐 ☐☐☐ 지켜보는 수밖에 없었지요.

ㅊㄱㅂㄷ

둘이 편을 갈라 막 ☐☐☐ 고 싸웠는데요.

ㅂㄱㅅㅇ

이렇게 ☐☐☐☐ 꼴로 밤에만 돌아다니게 되었답니다.

ㄴㄷㄴㄷ

꼴도 보기 싫다며 밤에만 ☐☐☐ 라고 하지 뭐예요.

ㄱㅈㅇ

두 편 모두 지쳐서 ☐☐☐ 싸움을 멈추었어요.

ㄸㄷㄹㄷ

제가 얄밉다고 ☐☐☐ 는 거예요.

글자를
색칠해 보아요.

불리하다

조건이나 처지가 좋지 못하다는 뜻입니다.

SISO 진짜진짜 독서논술

글자를
색칠해 보아요.

잼싸다

동작이 매우 빠를 때 쓰는 말입니다.

SISO 진짜진짜 독서논술

글자를
색칠해 보아요.

치고받다

서로 말로 다투거나 실제로 때리면서 싸운다는 뜻입니다.

SISO 진짜진짜 독서논술

글자를
색칠해 보아요.

잠자코

아무 말없이 가만히 있을 때 쓰는 말입니다.

SISO 진짜진짜 독서논술

글자를
색칠해 보아요.

나다니다

밖으로 나가 여기저기를 다닌다는 뜻입니다.

SISO 진짜진짜 독서논술

글자를
색칠해 보아요.

빨거숭이

옷을 다 벗은 알몸뚱이를 뜻합니다.

SISO 진짜진짜 독서논술

글자를
색칠해 보아요.

따돌리다

밉거나 싫은 사람을 멀리한다는 뜻입니다.

SISO 진짜진짜 독서논술

글자를
색칠해 보아요.

그제야

바로 그때에 이르렀다는 뜻입니다.

SISO 진짜진짜 독서논술

자르는 선 ✂

요지카 1 — 낱말등급 ★★★☆☆

ㄸㄸㅎㄷ

저야 아무 잘못도 하지 않아서 □□ 했지요.

요지카 2 — 낱말등급 ★★★☆☆

ㅂㄱ

지은 죄가 □□ 아니라고 여겨서는 안 돼요.

요지카 3 — 낱말등급 ★★★★★

ㄷㄹ

□□ 큰 돌 하나니까 금방 놓고 왔겠지요.

요지카 4 — 낱말등급 ★★☆☆☆

ㄷㅁㅇ

그 많은 □□□를 어떻게 갖다 놓을 수 있겠어요.

요지카 5 — 낱말등급 ★★☆☆☆

ㅇㅅ

이나는 죄를 □□ 받고 싶었어요.

요지카 6 — 낱말등급 ★★★☆☆

ㅈㄱㅁㅎㄷ

될 수 있으면 □□□□ 돌을 주워 오라고 했어요.

요지카 7 — 낱말등급 ★★★★☆

ㅇㄴㅅ

이나는 □□□ 돌아왔더라고요.

요지카 8 — 낱말등급 ★★★☆☆

ㅇㅅ

지은 죄를 기억하고 있으면 □□에 찔리지요.

글자를 색칠해 보아요.

드물거나 이상한 것을 뜻합니다.

진짜진짜 독서논술

글자를 색칠해 보아요.

굽힐 것 없이 당당하다는 뜻입니다.

진짜진짜 독서논술

글자를 색칠해 보아요.

손에 쥘 수 있을 만한 크기의 돌입니다.

진짜진짜 독서논술

글자를 색칠해 보아요.

무엇이 적거나 간단한 모양을 나타냅니다.

진짜진짜 독서논술

글자를 색칠해 보아요.

조금 작다는 뜻입니다.

진짜진짜 독서논술

글자를 색칠해 보아요.

용서

잘못을 벌하지 않고 봐주는 것입니다.

진짜진짜 독서논술

글자를 색칠해 보아요.

옳고 그름을 가리고 바른 말과 행동을 하려는
마음입니다.

진짜진짜 독서논술

글자를 색칠해 보아요.

어느 사이에 벌써라는 뜻입니다.

진짜진짜 독서논술

요지카 **1** 낱말등급 ★★★☆☆

ㅁㄲㄹㅁ

공 아가씨를 ☐☐☐☐ 바라보기만 했지요.

요지카 **2** 낱말등급 ★★★★☆

ㅅㅋㄷㅎㄷ

하지만 공 아가씨는 ☐☐☐ 했어요.

요지카 **3** 낱말등급 ★★☆☆☆

ㄷㅈ

하늘로 오를 때마다 제비님이 ☐☐ 에서 지저귀는걸요.

요지카 **4** 낱말등급 ★★★★★

ㄸㅈ

청혼을 했지만 ☐☐ 를 맞았어요.

요지카 **5** 낱말등급 ★★☆☆☆

ㅎㅁㅌㅁ

☐☐☐☐ 소리를 지를 뻔했어요.

요지카 **6** 낱말등급 ★★★★★

ㅎㅅㄱ

몇 년이나 ☐☐☐ 에 빠져 있던 오래된 공이었어요.

요지카 **7** 낱말등급 ★★☆☆☆

ㅇㄹ

아픈 마음이 조금은 ☐☐ 가 되는 것 같았어요.

요지카 **8** 낱말등급 ★★★☆☆

ㅌㄷㄱㄹㄷ

하수구에 빠지는 바람에 이 꼴이 되었다고 ☐☐ 거렸어요.

글자를
색칠해 보아요.

마음에 들지 않아서 내키지 않는다는 뜻입니다.

siso 진짜진짜 독서논술

글자를
색칠해 보아요.

가만히 한곳만 바라보는 모양입니다.

siso 진짜진짜 독서논술

글자를
색칠해 보아요.

받아들이지 않고 거절한다는 뜻으로
퇴짜와 비슷한 말입니다.

siso 진짜진짜 독서논술

글자를
색칠해 보아요.

새가 알을 낳거나 사는 곳입니다.

siso 진짜진짜 독서논술

글자를
색칠해 보아요.

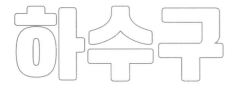

쓰고 버리는 더러운 물이 흘러 나가도록 만든
도랑입니다.

siso 진짜진짜 독서논술

글자를
색칠해 보아요.

조금만 잘못했다면 위험했을 뻔한 상황을 벗어났을 때
쓰는 말입니다.

siso 진짜진짜 독서논술

글자를
색칠해 보아요.

불평하는 말을 자꾸 중얼거린다는 뜻입니다.

siso 진짜진짜 독서논술

글자를
색칠해 보아요.

따뜻한 말이나 행동으로 슬픔을 달래 준다는 뜻입니다.

siso 진짜진짜 독서논술

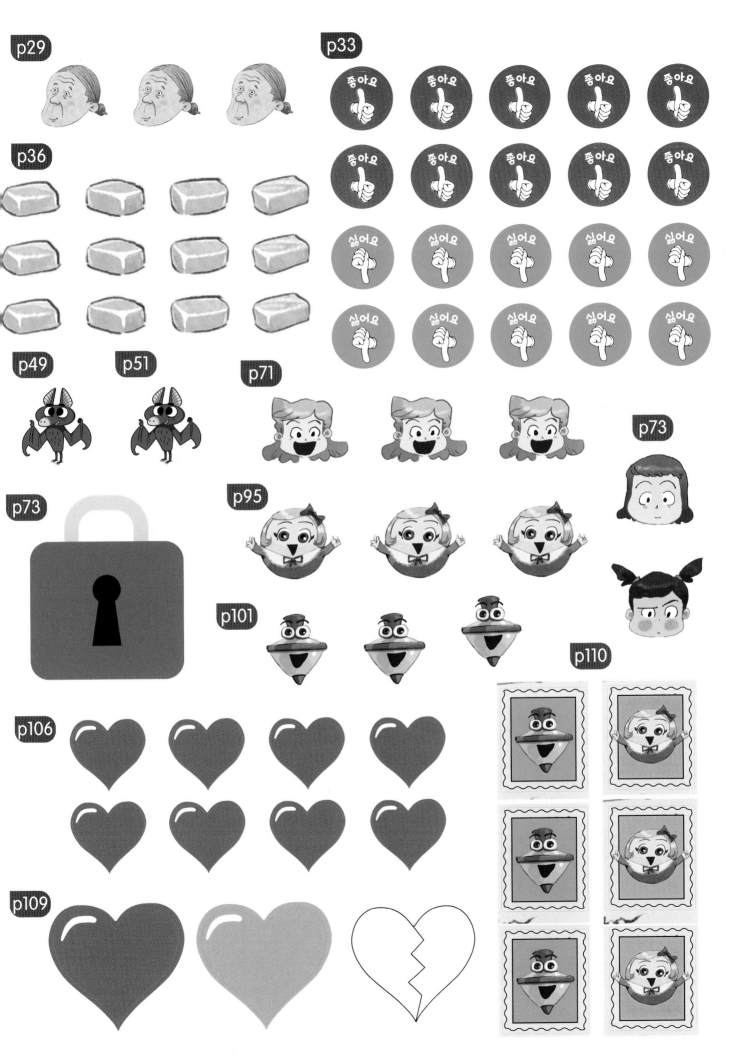